Du même auteur

Les cinq saisons du sensei

Haru
Tsuyu
Natsu
Aki
Fuyu

Histoires du Japon d'autrefois

Oni

Martin LUSSAN

Oni

Histoires du Japon d'autrefois

Ce livre a été publié sur BoD-Books on Demand
12/14 rond-point des Champs Elysées, 75008 Paris, France
ISBN : 978-23-221-7491-1

© Martin LUSSAN
www.martin-lussan.com
marutan@orange.fr
facebook : martin lussan

Imprimé par Books on Demand, GmbH Norderstedt, Allemagne
Dépot légal : juillet 2017

Chapitre 1

On n'entendait que quelques appels isolés de corbeaux.

Portée par une brise venue de la vallée en contrebas, dans l'air flottait la légèreodeur de fumée d'un brûlis mouillé.

Le chemin montait de manière de plus en plus abrupte. On avait maintenant quitté la trace sinueuse qui serpentait au gré des accidents de terrain dans le sous-bois de sasa et de fougères, pour une sorte d'escalier tortueux avec le plus souvent des marches dépassant largement la hauteur du genou.

La progression y était épuisante, d'autant que la bruine s'était progressivement muée en pluie, et qu'à l'approche du passage du col le vent venu des hauteurs la rabattait en bourrasques qui échevelaient les arbres de la forêt alentour.

Les bosquets de bambou s'animaient de concert au gré des rafales en vivantes vagues de verdure bruissante.

Dans ces instants qui nesont plus le jour et qui n'appartiennent pas encore à la nuit, les hôtesdiurnes de la forêt s'étaient tus alors que les animaux nocturnes n'avaient pas encore quitté leur tanière ou leur nid.

La sensation dominante dans ce crépuscule pluvieux était la profonde odeur qui montait maintenant du sol humide et frais.

Peu enclin au romantisme, l'homme avançait régulièrement dans la montée de plus en plus glissante.

Il ne craignait pas la pluie, dont sa cape de paille ne le protégeait que sommairement. En ce milieu d'automne elle était rafraîchissante à sa peau tannée couverte de cicatrices.

Ses jambes courtes et musculeuses semblaient se jouer des difficultés du terrain, mais ses sandales de corde effilochées trahissaient de plus en plus souvent l'appui de ses pieds sur les pierres mouillées.

Il s'arrêta un instant pour évaluer sa position par rapport au sommet.

Il rejeta en arrière son capuchon de paille et ébroua sa barbe et sa tignasse.

Il avait une tête carrée, solide et massive, peut-être un peu volumineuse pour son corps râblé, avec un nez assez fort, aplati et tordu vers la droite, souvenir d'un coup reçu au cours d'une des nombreuses batailles auxquelles il avait pris part.

Il en avait gardé une légère gêne pour respirer lorsqu'il faisait des efforts violents ou prolongés, et il en avait pris l'habitude de garder la bouche ouverte.

Cela lui donnait un air plutôt stupide, d'autant qu'il passait souvent sa langue sur ses lèvres.

Mais quelqu'un qui ne s'arrêtait pas à ce trait de sa physionomie et prenait le temps de croiser son regard était immanquablement frappé par la brillance de ses yeux brun sombre. Il en émanait quelque chose de minéral et animal à la fois.

Si on y rajoutait des sourcils étonnamment fournis, longs et épais, dont le gauche était raccourci d'un bon tiers, conséquence d'un coup de sabre qui lui avait aussi emporté un bout de pommette, il se dégageait de lui quelque chose qui faisait qu'on n'avait guère envie de rechercher sa compagnie.

Ce qui lui convenait à merveille.

Il avait l'air tout à fait dans son élément dans ce décor sauvage, et quand il pencha sa robuste tête en arrière pour humer les puissantes odeurs qui émanaient de la forêt alentour, on pouvait s'attendre à ce qu'il poussât un rugissement de fauve.

Au vu des nuages qui s'assemblaient sur les hauteurs, l'homme jugea que l'obscurité étendrait sous peu ses mains sombres, et il hâta sa progression vers le col pour y trouver un endroit où s'abriter pour la nuit.

Il parvint au passage au bout d'une heure, au moment précis où disparaissaient les dernières clartés du jour.

Il ne mit pas longtemps à trouver un rocher qui surplombait un espace abrité de la pluie.

L'endroit semblait familier aux voyageurs car on y voyait la trace de l'emplacement d'un foyer.

Il passa machinalement sa main gauche au dessus des braises éteintes, et à la légère tiédeur qui s'en dégageait encore tous ses sens furent mis instantanément en alerte.

Il posa avec soin son baluchon derrière lui, et il s'assit sur ses talons dos au rocher avec son grand bâton en travers de ses genoux.

Il sentait que quelqu'un s'était enfui à son approche et n'était pas très loin, et il se tenait prêt à l'accueillir qu'il soit ami ou ennemi.

Ami, l'autre verrait bien qu'il ne tenait pas son bâton dans une posture martiale, et finirait bien par revenir se mettre à l'abri.

Ennemi, l'autre s'apercevrait bientôt que son bâton pouvait dans l'instant devenir une arme redoutable.

Il décida de patienter, et il tira de son baluchon

une petite boite contenant du crin de cheval et des pierres à briquet.

Il eut tôt fait de rassembler quelques brindilles sèches dont il tenait toujours une poignée toute prête dans sa besace et qu'il posa sur une boulette qu'il fit d'une mèche de crins.

Des étincelles jaillirent lorsqu'il entrechoqua les lames à briquet l'une contre l'autre en un geste sûr, et dans la minute qui suivit les brindilles s'enflammèrent.

Dans le coin le plus reculé de l'abri, il trouva du bois sec entassé et son feu se mit à flamber joyeusement avec une aura de chaleur qui fit du bien à son corps trempé.

Tout en restant aux aguets, il réfléchissait. Il se disait que les gens d'ici devaient être accueillants aux étrangers puisqu'ils avaient pris soin d'amasser une provision de bois sec.

Ce ne pouvait être que pour les voyageurs car les habitants des villages et des hameaux prennent toujours soin de rentrer dans leurs cahutes avant la tombée de la nuit.

Il se mit à penser à la personne qui avait fui à son approche et qui se trouvait quelque part dans les alentours sous la pluie.

Il saisit son baluchon, en dénoua les quatre coins, et d'un grand mouchoir noué de la même manière il sortit deux boules brunâtres de millet, les deux dernières qui lui restaient.

Il étala le mouchoir bien en vue à environ deux longueurs de bras, avec une boule de millet en son centre.

Il repris sa pose accroupie et se mit à manger l'autre.

Il se passa un bon moment après qu'il eut fini de manger, puis un léger bruissement se fit entendre dans les buissons.

Il ne détourna pas son visage du feu, mais tout son être était tendu tel la corde bandée d'un arc.

Il crut distinguer, plus qu'il ne le vit, un mouvement lent à l'extrême limite latérale de sa vision.

Sans doute conforté par l'immobilité de l'homme, un semblant d'ombre se matérialisa peu à peu.

Un coup de vent rabattit les flammes dans sa direction, et l'homme devina une petite silhouette redevenue immobile.

L'homme ne dit rien et attendit que les choses évoluent. Il n'eut pas longtemps à attendre, et bientôt il distingua très nettement un enfant, un garçon d'une douzaine d'année.

L'homme le regarda, puis il regarda la boulette de millet.

L'enfant vit la boulette et il ne la quitta plus des yeux.

L'homme picora du bout du doigt trois ou quatre grains de millet épars sur son vêtement, les mit à sa bouche, les mastiqua ostensiblement et se frotta l'estomac en émettant un rot puissant.

L'enfant sursauta mais aussitôt se mit à rire. L'homme rit en réponse, ce qui eut le don de rasséréner l'enfant, qui s'approcha et s'empara prestement de la boule de millet.

Tandis que le garçon dévorait goulûment son festin, l'homme le regardait, mi étonné mi amusé de cette voracité.

Quand il eut fini, l'enfant regarda l'homme et en se frottant le ventre il rota avec entrain.

Ce fut à l'homme de rire, immédiatement suivi de l'enfant dans son hilarité.

Il se dit avec humour qu'il était au moins capable de comprendre une partie du dialecte local.

Complètement rassuré, mais tout en restant de l'autre côté du feu, l'enfant pointa un doigt vers l'homme et prononça le mot oni (démon) tout en mimant deux cornes sortant de sa tête.

L'homme pointa son index vers son nez tordu pour se désigner, puis secoua la tête en signe de dénégation en croisant ses deux index devant lui.

L'enfant hocha la tête d'un air pensif, et toujours sans quitterdes yeux le visage de l'homme il se tint coi.

Un bon moment passa ainsi, puis l'enfant se désigna en approchant son index de son nez et dit : "Saburô".

L'homme comprit à la mimique de l'enfant qu'il se présentait, d'autant que le mot qu'il venait de prononcer était couramment utilisé dans la plupart des familles humbles pour nommer le troisième fils.

Ne voulant pas être en reste de civilité, mais ne voyant pas la nécessité de décliner son identité véritable, il se présenta sous le sobriquet que lui avaient donné ses compagnons d'armes, Kakashi, épouvantail, bien en rapport avec sa chevelure en broussaille et sa mise le plus souvent débraillée.

L'enfant le regarda avec des yeux étonnés, et répéta le nom tout en se frottant vigoureusement la tête des deux mains, aussitôt imité par l'homme, ce qui les fit rire tous les deux.

Comme pour renforcer l'aspect surréaliste de cet homme et de cet enfant confondus dans leur hilarité commune dans ce décor sauvage, la pluie cessa, et la lune montra son visage rond dans une déchirure de nuages.

Aussitôt l'enfant cessa de rire, et avec un visage apeuré passa de l'autre côté du feu et vint se recroqueviller près de l'homme en répétant oni, oni, tout en montrant alternativement la pleine lune et en désignant le paysage alentour d'un grand geste panoramique.

Bien que rustique dans son aspect, ses manières et son intelligence, l'homme comprit que l'enfant redoutait quelque démon qui se manifestait à la pleine lune.

Il n'accordait pas une croyance exagérée aux superstitions populaires qu'il savait cependant basées sur quelque fait ancien, et enjolivées à chaque fois qu'on les racontait, mais un vieux fond de formation militaire lui enjoignit de ne dormir que d'un oeil.

Chapitre 2

Il dormit jusqu'à l'aube glacée d'humidité qui l'entourait de brouillard, lui et les braises froides. Il s'étira et ce faisant il ne s'étonna même pas de la disparition du garçon.

Il eut un haussement d'épaules qu'il compléta en faisant craquer ses vertèbres cervicales.

En un tournemain il plia et ramassa son baluchon et l'enfila sur son long bâton. Il le cala sur son épaule et il s'apprêta à quitter le bivouac lorsqu'un bruit de pas pressés se fit entendre et que Saburô apparut tout essoufflé.

Le garçon sortit de sa veste une poignée de champignons, quelques baies et la dépouille d'un écureuil. Il partit dans un grand monologue avec de grands gestes montrant alternativement le feu et les victuailles, puis il se frotta le ventre et se força en un rot significatif.

N'ayant saisi que quelques mots de la diatribe du garçon, l'homme avait cependant compris que Saburô avait l'intention de leur préparer un petit déjeuner.

Le matin était opaque, mais la brume montait en écharpes rapidesvers les nuages.

Comme l'homme savait bien que tout ce qui montait allait retomber en pluie et qu'il avait épuisé ses provisions, il se dit qu'il était au moins sûr de faire un repas aujourd'hui, et il signifia son accord au garçon en posant bâton et baluchon sur le sol.

Pendant que le garçon dépiautait et vidait prestement l'écureuil, l'homme entama le rituel du feu.

En le voyant faire jaillir des étincelles du choc des lames, le garçon le regarda avec curiosité et intérêt.

Apparemment il ne connaissait pas le procédé, car il tira de sa veste tout un nécessaire composé de pierres et de morceaux de bois.

L'homme connaissait cette technique rustique, et pour bien montrer que sa propre manière de faire était plus rapide et économe en énergie, il invita le garçon à s'approcher pour bien voir comment cela se passait avec un briquet.

Le garçon s'émerveilla lorsque les crins s'enflammèrent à la troisième tentative et tendit les mains pour prendre pleine réalité de ces lames magiques.

L'homme ne voyait pas d'inconvénient à les lui prêter mais il lui fit comprendre par gestes qu'il devait d'abord s'occuper de faire cuire les produits de sa cueillette et de sa chasse.

Outre le fait que l'homme ne voyait strictement aucun problème à montrer au garçon comment on faisait du feu dans le monde moderne, il avait une idée derrière la tête.

Bien qu'il n'ait pas de destination précise, le garçon pourrait lui servir de guide et le renseigner sur la région.

Ils dégustèrent leur repas en silence, avec un appétit que le fort goût de brûlé ne freina pas, puis une fois le feu couvert ils se mirent en route, non sans avoir auparavant refait une provision de bois à l'intention de prochains visiteurs éventuels.

L'homme allait d'un bon pas, d'autant que le chemin descendait maintenant.

Derrière lui, Saburô allait d'un pas retenu qui obligeaitl'homme à se retourner fréquemment et même à s'arrêter pour l'attendre.

A un détour du chemin, la vue plongeait vers une vallée où la brume s'était concentrée. Il savait qu'il ferait beau pour le reste de la journée, car la brume était finalement descendue.

L'homme s'arrêta et s'assit sur une grosse pierre. Saburô vint l'y rejoindre.

Il tendit le bras en direction de la vallée et montra par gestes qu'il ne voulait pas s'y rendre.

Bien qu'aucun village ne fût visible, l'homme présuma qu'il y avait par là-bas quelque communauté humaine mais que Saburô ne voulait pas y aller. Peut-être son effroi d'un démon la nuit dernière avait quelque chose à voir avec l'attitude présente du garçon .....

A tout hasard, l'homme pointa son bras en direction de la vallée et prononça le mot oni. Le garçon frémit et sembla rétrécir et l'homme comprit que la présence du garçon seul en pleine nature devait résulter de quelque chose qui s'était passé dans le village.

L'homme était en pleine réflexion lorsque le garçon le tira par la manche et lui désigna une des crêtes environnantes.

Il tira une nouvelle fois sur sa manche et fit quelques pas.

L'homme se gratta vigoureusement la tignasse et finit par céder à l'insistance de l'enfant.

Ils se remirent en marche, cette fois l'enfant précédant l'homme, et après quelques centaines de pas, l'enfant s'engagea sur sa gauche dans un sentier presque invisible.

L'homme jeta un coup d'oeil aux alentours pour reconnaître les lieux au cas où il ait à revenir sur ses pas, puis s'engagea résolument à la suite de l'enfant.

Celui-ci marchait maintenant d'un pas allègre et

rapide et semblait tout à fait sûr de l'endroit vers lequel il guidait son protecteur.

La bruine avait cessé et le soleil avait depuis longtemps dépassé le zénith.

Déjà les ombres des arbres s'allongeaient dans les rares clairières lorsqu'ils rejoignirent un autre sentier au pied d'un escalier moussu.

L'homme jeta un regard interrogatif au garçon. En réponse Saburô le tira par la manche et se lança dans l'ascension de l'escalier.

Cette fois-ci l'homme allait plus lentement, sachant bien que ce genre d'escalier compte d'innombrables marches, épreuve indispensable à qui veut s'élever spirituellement comme physiquement en direction de quelque sanctuaire isolé.

Le garçon était repassé en arrière et le suivit en prenant le même rythme.

Bien que couvert de mousse, et donc apparemment peu fréquenté, le chemin semblait entretenu de manière régulière, ce qui mena l'homme à penser que le sanctuaire était occupé par une communauté. Bah, on verrait bien.

Il leur fallut bien un millier de marches pour atteindre leur but.

Soudain une vaste clairière s'ouvrit, au sol nu et entourée de grands conifères.

Tout au fond se dressait un portique de bois noirci par l'âge, ouvrant sur un nouvel escalier aux marches de bois.

L'homme et l'enfant s'y dirigèrent et au terme d'une grande parabole ils débouchèrent sur une nouvelle clairière.

C'était une sorte de belvédère ouvert sur le sud et

qui recevait la lumière de la première heure du matin à la dernière heure du soir.

Au fond, sur leur gauche, l'unique bâtiment du sanctuaire, sans aucune décoration apparente qui permît de savoir si l'on y pratiquait des rites shinto ou boudhistes.

Tandis que le garçon restait sur place dans une attitude de respect, l'homme s'approcha sur le sol couvert de grandes écailles d'écorce de conifères.

Il traversa ainsi l'esplanade et s'arrêta au bas du porche.

Il retira ses sandales de jonc tressé et monta les deux marches.

Il s'approcha de la grande cloche et la frappa une seule fois du battant en bois.

Puis il s'accroupit et attendit assis sur ses talons.

Chapitre 3

L'homme n'eut pas à attendre longtemps. Sans émettre le moindre bruit, une forme sombre sembla glisser vers lui depuis le fond de la pièce sur le parquet poli.

L'homme s'inclina dans un salut, et garda son front à terre jusqu'à ce qu'on le prie de se redresser.

Ce faisant, l'homme vit devant lui un homme d'âge vénérable au crâne rasé, vêtu d'un simple samue noir en lin et qui le regardait d'un oeil pénétrant.

Le vieillard prononça quelques mots de bienvenue.

L'homme se présenta et déclina son nom de naissance : Akirô (enfant de l'automne). Il ajouta que depuis qu'il avait quitté la ferme familiale une fois l'âge d'homme venu, personne ne l'avait appelé autrement que Kakashi.

Le vieillard lui demanda simplement s'il pensait mériter lesurnom qui lui avait été donné. Akirô parut s'abîmer dans une profonde réflexion, et confessa qu'il ne s'en était jamais soucié mais qu'il l'avait adopté tout naturellement puisqu'il semblait convenir à tous ses compagnons et aussi à ses commandants.

Le vieillard le regarda avec intensité, puis détournant son attention de l'homme, il fit signe au garçon d'approcher.

L'enfant arriva en courant et se jeta sur le plancher au pied du vieillard et se mit à parler d'une manière volubile dans son dialecte auquel l'homme ne comprenait pratiquement rien.

Le vieillard, lui, écoutait sans l'interrompre d'un air impassible et bienveillant et se tenait agenouillé et immobile.

Quand le garçon se tut et qu'il fut certain que ce n'était pas une simple pause, le vieillard se tourna vers Akirô et lui dit que le garçon le remerciait de l'avoir sauvé, même s'il l'avait pris de prime abord pour un démon oni. Le vieillard ajouta malicieusement que sa tignasse et sa barbe pouvaient prêter à confusion et que la frayeur du garçon était bien légitime a son avis.

Akirô dit qu'il ne pensait pas avoir fait quoi que ce soit pour sauver le garçon, étant de plus ignorant lui-même de tout danger qu'il eût pu courir.

Puis il demanda si l'enfant et lui-même pouvaient passer la nuit dans l'enceinte du temple. En quelques mots le vieillard leur offrit gîte et couvert en les priant simplement de ne pas tarder car la nuit tombait vite en cette saison.

L'homme passa le reste de l'après-midi à méditer assis sur un banc de pierre à l'extrême bord du belvédère qui dominait le paysage de verdure, tandis que Saburô courait les bois alentour.

Le vieillard les appela au crépuscule pour partager sa maigre collation faite d'un bouillon clair ou nageait quelques plantes de la montagne et des cubes blanchâtres avec pour chacun de ses invités une
boule de millet de la taille du poing du garçon.

Tandis que Saburô fixait sa pitance d'un regard d'hypnotisé, Akirô, lui, gardait un oeil en coin sur le garçon pour intervenir au cas où sa fringale constante ne le laissât pas attendre que le vieillard en finisse avec son monologue apéritif.

Dès qu'il eût fini son court mantra au bout d'un temps qui parût des heures à Saburô, d'un signe de tête il les invita à se sustenter.

Chacun mangea à sa manière.

Le vieillard, habitué au jeûne et de toute façon accoutumé à se contenter de peu, prenait de petites bouchées qu'il mastiquait longuement, les yeux fermés comme dans plongé dans la plus profonde méditation.

Akirô, lui, mastiquait puissamment et paisiblement, et son visage ne laissait rien transparaître de la satisfaction profonde qu'il éprouvait
à ce repas simple partagé dans ce lieu consacré.

De son côté, Saburô s'était jeté goulument sur la boulette de millet dans laquelle il mordait la bouche encore pleine. Elle fut vite engloutie, de même que le brouet bien trop clairet pour cet estomac insatiable.

Sa hâte à se remplir, même si peu à son goût, l'obligea à attendre que ses compagnons en aient fini avec leur propre portion.

Il regardait avec de grands yeux suppliants la main d'Akirô qui tenait encore un restant de boulette de millet, à la manière d'un bon chien au pied de la table de son maître. Mais rien ne vint, et ce fut pour Saburô un long moment de détresse, ne pouvant utiliser sa bouche ni pour manger ni pour parler.

Quand il eut fini, le vieillard sortit de sa méditation, rassembla la vaisselle et il se leva sans un mot.

Puis il se dirigea vers l'intérieur du temple, et leur montra les nattes qu'il avait préparées à leur intention dans une sorte d'alcôve.

Et ils se séparèrent non sans s'être souhaité mutuellement de passer une bonne nuit.

Aux premières heures de l'aube, lorsque le vieillard se rendit sur le porche du temple, il vit avec plaisir qu'Akirô s'était déjà mis à de menus travaux de réfection, accompagné du garçon qui lui servait d'assistant.

Le plaisir qu'éprouvait le vieillard n'avait rien à voir avec ces travaux que ses maigres forces ne lui permettaient plus d'effectuer par lui-même, mais c'était une joie profonde qu'il éprouvait en voyant ces deux êtres qu'ils sentait profondément simples et bons.

Il retourna à l'intérieur du sanctuaire et se mit à la pratique de ses rites matinaux, appelant sans en nommer aucune toutes les divinités du panthéon bouddhiste à veiller sur le monde et à lui apporter paix et douceur.

Quand le soleil fut un peu plus haut dans le ciel, le vieillard sortit à nouveau et appela l'homme et le garçon à partager une collation de millet et de végétaux qu'il avait lui-même récoltés dans les sous-bois alentour.

Akirô parut se satisfaire de ce repas qui convenait parfaitement à son goût et à sa frugalité, mais pour Saburô il n'en était pas de même, étant à un âge auquel tout semble avoir été digéré à peine ingéré.

Sans un mot le vieillard se leva, se rendit vers les pièces de l'arrière, puis revint et posa devant le garçon une natte de feuille de sasa tressées avec une grosse boule de riz au centre.

Bien qu'affamé, le garçon attendit que le vieillard lui fît signe avant d'avaler le riz goulument.

Le vieillard et l'homme se joignirent dans un rire qui résonna dans la vaste salle.

Puis, le garçon ayant fini, le vieillard proposa à Akirô de le suivre et ils allèrent s'asseoir sur la vaste pierre qui faisait office de banc au bord du belvédère.

Là, le vieillard interrogea l'homme sur les raisons de son intérêt pour ce jeune garçon qui serait pour lui plus une charge que quoi que ce soit d'autre.

- Je vois bien que vous êtes un guerrier, alors pourquoi vous encombrer de ce garçon ?

- Oui, je suis un guerrier, mais je ne l'ai pas choisi.

- Vous n'êtes pas samurai ?

- Non, je suis fils de paysan et j'ai été enrôlé il y a plus de vingt ans comme ashigaru (lancier à pied). Je suis né dans un village de Omi no kuni (actuellement préfecture de Shiga à l'est de Kyoto).

- Mais ce garçon ?

- Je n'ai pas envisagé quoi que ce soit à son sujet, sinon lui demander de me guider jusqu'à son village et m'informer un peu sur la région.

- Et votre venue ici ?

- Et bien, au fur et à mesure que nous descendions le col, le garçon me paraissait de plus en plus nerveux, comme s'il était effrayé d'aller vers le village. Et il y a cette histoire d'oni aussi ...

- Une histoire d'oni ?

- Oui, quand la pleine lune est apparue, le garçon a été effrayé au point de venir se blottir contre moi.

- Oui, je vois. Il y a des rumeurs par ici au sujet d'enfants qui disparaissent et d'un oni.

- Mais comment pouvez-vous être au courant de rumeurs en restant dans cet endroit si isolé ?

- En fait j'ai des visites une ou deux fois par semaine.

- Des visites ?

- Oui, des villageois, en fait surtout des femmes, des mères.

- Des mères ?

- Elles rapportent qu'un oni terrorise le village et que de temps à autre il faut lui offrir un enfant en sacrifice. Mais qu'avez-vous ?

Akirô s'était mis à frissonner comme pris par le souvenir d'une chose terrible. En un instant il se reprit.

- Pouvez-vous le dire ce qui vous préoccupe ?

- Ce mot est bien faible. J'ai dû commettre un acte dont le souvenir me hante et me poursuit. Je ne pense pas qu'il puisse y avoir pour moi de repos ni de rédemption.

- Il y a au moins le courage de le regarder en face et d'en parler.

- Vous avez raison, mais c'est pour moi plus dur qu'aucun des combats auxquels j'ai dû participer jusqu'ici .....

..... voilà. J'ai livré ma dernière bataille pas très loin d'ici, à Sekigahara. Mon seigneur était un vassal de ISHIDA Mitsunari.

Mon seigneur a été tué à la bataille de Sekigahara et le clan TOYOTOMI a été défait. ISHIDA Mitsunari a été capturé puis éxécuté et je me suis trouvé libre de fait.

Le long bâton de bambou que je porte cache en fait un odachi (sabre long) que j'ai ramassé sur le champ de bataille.

Je n'ai plus de famille et ma région natale a été dévastée par les guerres.

Je veux expier et finir ma vie dans la méditation.. Ce fut la dernière bataille.

Ma dernière bataille et mon dernier combat.

Tout était presque fini et le sort de la bataille était déjà décidé, quand je me suis trouvé face à un samurai du clan adverse.

Rapidement il m'a paru inexpérimenté et je l'ai dominé facilement. Une fois qu'il a été à terre, je lui ai arraché son casque pour l'égorger, et en voyant son visage j'ai compris que c'était un adolescent.

Il était effrayé mais il s'efforçait de dominer sa peur. Nos yeux se sont croisés et j'ai vu en un instant défiler dans mes souvenirs toute ma vie de soldat avec tous mes combats.

Je ne sais pas pourquoi mais j'ai pensé que si je n'étais pas devenu soldat j'aurais certainement un fils qui aurait le même âge que ce garçon.

J'ai flanché et je lui ai dit de partir, et que je lui laissais la vie sauve.

Mais il a refusé. Il m'a dit que ce serait une honte sur toute sa famille s'il retournait chez lui après cette défaite.

Quand je lui ai dit que personne ne pouvait le savoir autre que lui, là il m'a dit que ce serait pour lui-même une honte insupportable et il m'a supplié de lui rendre son honneur en le tuant.

Je lui ai plongé ma dague dans le coeur en me jurant que ce serait mon dernier combat et que je passerais le reste de ma vie à expier.

Et depuis, je vais par les chemins, vers un endroit où je pourrai finir mes jours dans la méditation et la compassion.

- Et quand vous avez-vu ce garçon, c'est à tout cela que vous avez repensé ?

- Oui, et si le prendre avec moi pouvait l'aider, ça m'a semblé tout naturel.

- Avez-vous pensé à votre rédemption dans ces instants.

- Non, pas un instant.

Le vieillard se mit à réfléchir et au bout d'un moment, il proposa à Akirô de rester quelques temps au temple en échange de menus travaux, et de prendre le garçon avec lui comme novice.

Akirô accepta et remercia chaleureusement, d'autant qu'il avait du mal à imaginer le vieillard dans le rôle d'un nenja (amant et protecteur).

Il savait que les moeurs homosexuelles étaient chose courante parmi les guerriers samurai et même au sein des temples, où les aînés avaient coutume de choisir un amant adolescent parmi les novices.

Puis ils se dirigèrent vers le sanctuaire où le garçon les attendait déjà avec son estomac impatient.

Chapitre 4

Quelques jours avaient passé, et pour l'homme et pour Saburô une routine commençait à se mettre en place, à part les repas qui se montraient trop frugaux pour l'appétit du garçon.

Il complétait son régime par toutes sortes de baies et de champignons qu'il cueillait dans la forêt alentour.

Il lui arrivait même de piéger un petit animal, qu'il prenait soin de déguster loin du temple, non pas dans la crainte d'avoir à le partager, mais par respect pour le lieu consacré à une religion qui prônait le végétarisme.

De son côté Akirô prenait à son compte de plus en plus de tâches afin de soulager le vieillard.

Affairé de l'aube au crépuscule tant à l'entretien qu'à la préparation des repas, l'homme s'étonnait que le vieillard ait pu s'occuper de tout par lui-même et arriver à consacrer du temps à la méditation et aux rites religieux.

Puis un jour, il eut une réponse à ses interrogations muettes, en voyant arriver un groupe de femmes.

Elles étaient étonnamment silencieuses, ce qui n'était pas pour lui déplaire, et elles s'affairaient telles des abeilles.

Elles ne repartirent qu'une fois le parquet lavé et poli et s'être assurées que le garde-manger était correctement garni.

Au cours de la semaine qui suivit, les femmes revinrent, ou peut-être d'autres.

Aucune ne lui adressa la parole, non plus qu'à l'enfant.

Cependant, quelques jours plus tard, l'une d'entre

elles s'arrangea pour le rencontrer.

Akirô s'en étonna car il se savait d'un physique peu avenant, mais l'intérêt de la femme s'avéra de toute autre nature.

Elle s'enquit simplement de savoir s'il était bien un bushi (guerrier) et s'il avait l'intention de rester quelque temps.

Rien ne se passa lors des visites suivantes, puis un jour la même femme lui dit qu'il était possible qu'on ait besoin de lui au village et que s'il souhaitait y établir ses quartiers pour l'hiver il y serait le bienvenu.

Plutôt étonné de la proposition, il promit d'y réfléchir et de donner une réponse à leur prochaine visite.

Akirô en parla au vieillard et lui demanda ouvertement conseil. La réponse ne trancha pas son dilemme, mais il se dit que s'il pouvait se rendre utile, ce serait dommage de ne profiter d'une occasion de faire une bonne action.

Le vieillard approuva la sagesse de cette décision et lui promit de bien s'occuper du garçon.

Ainsi, à la visite suivante des femmes, il descendit au village avec elles.

Sur le chemin, il eut l'occasion de s'apercevoir avec déplaisir qu'elles réservaient leur mutisme aux instant qu'elles passaient au temple.

Le village occupait une combe tournée vers l'est, avec une trentaine de maisons occupant la partie la plus élevée et étagées en demi-cercle autour d'un puits clos.

Sur chaque flanc de la combe, des cultures de riz

et de millet s'étalaient en terrasses.

Quelques parcelles plus proches des maisons étaient réservées aux légumes.

Une source abondante déversait une eau limpide qui dévalait au centre du vallon pour former un ruisseau.

Les villageois consacraient la majeure partie de leur temps aux champs, mais comme la récolte du riz était terminée, la plupart des tâches consistaient à renforcer les murets des terrasses, épandre de la paille de riz coupée dans les rizières, et à consolider les maisons ou remplacer les toitures.

Tous se préparaient pour l'hiver.

Quand Akirô arriva au village, il n'y eut pas d'accueil particulier et il n'y eut personne pour se montrer ni amical ni hostile non plus.

Il semblait régner ici une indifférence qui lui parut factice.

Il était lui-même originaire d'un petit village des montagnes de la province d'Omi-no-kuni, et les moeurs paysannes lui étaient familières.

Il lui sembla qu'ici les gens s'ignoraient les uns les autres comme pour éviter que des disputes ou des conflits surviennent.

On le mena à une masure, qui paraissait avoir été inoccupée depuis plusieurs saisons.

Il y posa son maigre bagage et entreprit aussitôt de faire un rangement sommaire des lieux.

Il utilisa le peu de bois à brûler qu'il trouva et entreprit de faire un feu au centre du irori, une sorte de brasero placé au centre des demeures japonaises campagnardes et servant à la fois au chauffage et à la cuisine.

Puis il rassembla quelques bottes de paille et se

constitua un coin pour la nuit, plus proche du nid que de la paillasse.

- - - - -

Au lendemain de cette première nuit plutôt frisquette, il entreprit de faire quelques réparations.

Puis il alla ramasser du bois dans la forêt proche pour assurer un feu permanent dans le irori.

En rentrant chargé d'un volumineux fagot sur ses fortes épaules, il vit qu'un groupe de femmes était à l'oeuvre dans la maison et qu'elles y faisaient un ménage poussé.

Elles avaient aussi apporté un peu de vaisselle qui se résumait à une écuelle, un bol et une marmite noire en métal à suspendre au-dessus du irori.

Elles avaient aussi prévu quelques provisions de base telles que du millet, du radis blanc séché et un choux frais.

Un repas chaud l'attendait dans la marmite.

Il s'assit devant son repas, et commença à remplir son écuelle tandis que les femmes l'observaient silencieusement.

Elles ne le quittèrent pas des yeux un instant tout au long de son repas, et lorsqu'il eut fini l'une d'elles lui servit un bol d'eau chaude.

Il sentit que l'instant était venu de demander ce qu'on attendait de lui ici, ce qu'il fit.

La réponse se fit avant sa questio, et elle vint de la femme qui avait pris contact avec lui au temple.

- On voudrait que vous chassiez le démon oni.

- Qu'est ce que c'est cette histoire d'oni ?

- Et bien voilà, depuis quelques saisons, un oni enlève et dévore nos enfants.

- C'est vrai que je n'ai guère vu d'enfants dans le

village depuis mon arrivée.

- En fait on les tient cachés dans les maisons.

- Mais comment ça se passe, ces enlèvement d'enfants ?

- Et bien, soit le démon s'empare des enfants s'ils vont dans la forêt, soit lors du sacrifice lors la fête de la moisson.

- Le sacrifice ?

- Oui, chaque année, quand la récolte du riz est terminée, à la pleine lune qui suit nous faisons une fête et un enfant est emmené en forêt par le chef du village pour être offert au démon.

- Et il y a des résultats ?

- Ben oui et non. En fait il y a moins de disparitions depuis que l'on fait ces sacrifices. Mais il faut bien dire que comme nous surveillons les enfants de près, ils vont beaucoup moins dans la forêt. Et aussi le nombre des enfants a diminué.

- Ca dure depuis longtemps ?

- Peut-être sept ou huit ans ....

- Et comment ça se passe, ce sacrifice ?

- C'est le chef du village qui choisit un enfant et qui l'emmène. Il part avec l'enfant et il revient seul.

- Et où il est le chef du village ?

- Il est parti à la ville.

- A la ville ?

- Oui, avec ses deux vaches et un chargement de riz.

- Du riz ?

- Oui, c'est l'impôt du village pour le seigneur. Chaque année il part avec l'impôt avant les premières neiges et il revient au printemps.

- Il est ici en ce moment ?

- Non. C'est pour ça qu'on vous a fait venir

- Et il a une femme, des enfants ?

- Sa femme est morte il y a une dizaine d'années et ils n'ont jamais eu d'enfants.

- Et les hommes du village, qu'est-ce qu'ils en pensent.

- Eux, pourvu qu'ils aient du saké pour se saouler .....

- Je vois. Mais qu'est-ce que vous attendez de moi exactement ?

- On a appris qu'il y avait un guerrier au temple de la montagne, et on voudrait que vous nous débarrassiez du démon.

- Mais vous ne pensez pas qu'un sorcier serait plus efficace ?

- Ça, on n'en connait pas, et c'est cher ..... mais un bushi avec un bon sabre on sait ce que ça peut faire.

- Au fait, vous connaissez un garçon d'environ douze ans, Saburô ?

- Ben oui, c'est parce qu'on l'a vu au temple et qu'il nous a dit que vous l'avez sauvé du démon qu'on vous demande d'intervenir.

- Comment ça je l'ai sauvé du démon ?

- Oui, c'est Saburô qui avait été choisi pour le sacrifice

- Mais pourquoi lui ?

- Ben en fait, il est orphelin. Il ne restait que sa mère mais elle est morte l'hiver dernier. Depuis on s'est occupé de Saburô ....

- Et vous l'avez choisi pour le sacrifice .

- Il faut nous comprendre, on ne pouvait pas laisser partir nos propres enfants .... et Saburô a un tel appétit ....

- Ça j'ai pu m'en rendre compte. Au fait les enfants enlevés ont quel âge environ ?

- En général, entre dix et treize ans.

- Des garçons ou des filles ?

- Plutôt des filles, mais des garçons aussi. Ca dépend de ce que le démon demande.

- Comment ça ? C'est le démon qui choisit ?

- En fait c'est le chef du village qui nous dit ce que veut le démon.

- Mais comment il le sait ?

- Ben on n'en sait rien. Il est un peu sorcier, alors on fait attention.

- Bon je vais voir ce que je peux faire, mais il faudrait me montrer où est le lieu du sacrifice.

- Ben on n'en sait rien .

- Comment ça ?

- Oui, comme on vous l'a dit, c'est le chef du village qui emmène l'enfant, et il y va toujours seul.

- Et comment je vais faire alors, si je n'ai pas de point de départ ?

- Et si vous demandiez à Saburô, il le sait lui puisqu'il y est allé .

Chapitre 5

Dès le lendemain, Akirô entreprit de remonter au temple.

Parti dès l'aube, le trajet lui prit une bonne partie de la matinée, en raison des nombreux détours qu'il fit pour explorer chaque départ de sentier.

En cheminant il eut le temps de réfléchir à toute l'affaire.

Pour lui tout semblait tourner autour d'un personnage central, le chef du village. Dommage qu'il faille attendre son retour au printemps pour avoir une discussion avec lui.

Au temple, le vieillard l'accueillit chaleureusement et lui donna des nouvelles de Saburô.

Malgré sa bonne nature il manquait d'assiduité dans sa pratique des rites et de la méditation. Le vieillard le soupçonnait de chasser en cachette des lapins, des oiseaux et autres petits gibiers pour compléter le régime frugal qui était son ordinaire au temple.

- Au fait, où est-il ?

- Il court dans la nature, mais il va bientôt rentrer pour le repas.

En attendant le retour du galopin, Akirô rapporta au vieillard tout ce qu'il avait appris au village, et il lui fit part de ses propres soupçons concernant le chef du village.

- Mais quel serait l'intérêt de cet homme ?

- Je creuserai un peu plus la question dès que j'y retournerai, mais si vous êtes d'accord je voudrais me rendre sur le lieu des sacrifices, et Saburô est le seul à pouvoir m'y conduire.

- S'il est d'accord pour vous y accompagner, je n'y

vois aucun inconvénient. Tenez, le voilà qui arrive.

Dès que Saburô aperçu l'homme, il courut vers lui et se jeta dans ses bras.

Peu coutumier de ce genre d'effusions, Akirô se sentit un peu gêné en dépit du plaisir que lui causait l'affection du garçon.

Akirô avait pris soin d'apporter une partie des provisions que lui avaient données les femmes du village.

Le vieillard les convia à passer à table, et le repas se déroula comme il convenait dans le plus grand silence, car il sied de se concentrer sur la nourriture.

A voir Saburô se tortiller, Akirô sentit l'impatience du garçon, et dès le repas fini il emmena le garçon au bord du belvédère où il pourrait parler à son aise sans troubler la sérénité du sanctuaire.

Akirô avait vu juste, et à peine le premier pied posé sur l'esplanade, Saburô ouvrit les vannes.

L'homme le laissa se vider, comprenant bien que la solitude et le silence du temple pesaient au garçon, mais quand même étonné qu'il ait tant de choses à raconter après seulement si peu de jours. Ayant pu au village se faire un peu l'oreille au parler local, l'homme saisit l'essentiel et dès qu'il sentit que le flux de paroles de Saburô commençait à se tarir, il ouvrit son baluchon et en sortit le grand mouchoir dans lequel il avait coutume de mettre quelques provisions de voyage.

Dès qu'il vit la grosse boule de millet posé entre eux sur la pierre, les yeux de Saburô se mirent à briller et son regard rencontra ceux de l'homme. Celui-ci lui sourit et eut un bref hochement de tête ; Saburô ne se fit pas prier ; il saisit la boule de millet à deux mains et se mit à la dévorer derechef.

Profitant de ce que Saburô avait la bouche pleine, Akirô prit la parole.

- J'ai appris au village que j'étais un tueur de démons ....

Saburô regarda l'homme, et essaya de vider sa bouche pleine en déglutissant avec bruit.

- ..... mais tu sais bien que ce n'est pas vrai, n'est-ce pas ?

- Euh ....

- La question n'est pas là, et ce que je voudrais savoir c'est si tu penses que je peux vaincre un démon.

- S'il vous plaît pardonnez-moi. Je ne voulais pas vous causer des ennuis.

- Je te pardonne, parce qu'en fait tes histoires m'ont permis de m'assurer un emploi pour cet hiver au moins.

Mais je n'ai pas le cœur à profiter de ces pauvres villageois. En même temps je voudrais les ai-der, parce que ces histoires d'enfants qui disparaissent me semblent bien bizarres.

- Plein de mes amis sont partis et ne sont jamais revenus.

- Comment ça ils sont partis.

- Au début, c'était des enfants qui allaient dans la forêt et qui ne sont pas rentrés. Je ne me rappelle pas tout parce que j'étais très petit.

- Ca ne fait rien, dis-moi ce dont tu te souviens.

- Petit à petit mes parents m'ont parlé d'un oni, un démon qui enlevait les enfants, et ils m'ont dit de ne jamais aller sans eux dans la forêt.

- Et cette histoire de sacrifice ?

- Ben, chaque année on fait une fête de la moisson au village quand le riz est ramassé. Et le lendemain, le chef du village part en forêt avec un enfant et quelques heures après il rentre seul.

- Et toi, comment ça s'est passé?

Saburô eut un frisson. Après un instant de silence, et avoir regardé autour de lui, il avala une grande goulée d'air et reprit :

- Devant tout le monde, le chef du village m'a attaché les mains derrière le dos, il m'a lié les pieds, puis il m'a jeté sur son épaule et il m'a emporté.

- Et les villageois n'ont rien dit ?

- En général, les parents pleurent mais personne ne dit rien ni ne fait rien. De toute façon les hommes sont encore saouls.

Pour moi, c'était spécial puisque je suis orphelin. J'ai entendu dire qu'un jour une mère a suivi le chef en se tenant à distance, mais elle aussi elle n'est jamais revenue.

- Et où êtes-vous allés ?

- Il s'est dirigé vers la forêt.

- Et il a marché longtemps?

- Ben après une bonne heure, il a ralenti parce que le chemin s'était mis à monter.

Alors il m'a jeté au sol, et sans rien dire il a attaché une grande corde de paille à mon cou, puis il a défait mes pieds. Et il est reparti en me traînant.

On a dû marcher encore environ une heure, puis on est arrivés dans une petite clairière où il y avait un gros arbre.

Le chef a attaché mon licou à un tronc et il s'est approché de l'arbre. Il a écarté des broussailles et j'ai vu un grand creux.

Il est revenu vers moi, et avec l'autre bout de la longe il a de nouveau attaché mes pieds, puis il m'a jeté dans le creux de l'arbre.

Il a remis les broussailles en place, puis je l'ai entendu s'éloigner.

- Et ensuite ?

- Je suis resté sans bouger tout le reste de la journée et toute la nuit.

Au matin, les liens de mes mains s'étaient un peu détendus, alors j'ai réussi à passer mes mains devant moi et j'ai ôté la longe qui entravait mes pieds et j'ai libéré mon cou.

Ce disant Saburô écarta le pan de sa veste et montra son cou autour duquel subsistait par endroit une marque rouge-brunâtre.

- J'ai écouté un bon moment, puis j'ai écarté les broussailles. J'ai pris mon élan et je suis parti en courant aussi vite que j'ai pu.

Après un moment je me suis arrêté et comme tout semblait tranquille j'ai pris le temps de trancher le lien de mes mains sur l'arrête d'une pierre.

Sanjurô montra alors les traces autour de ses poignets et de ses chevilles .

- Puis j'ai marché aussi vite que j'ai pu et j'ai cherché le chemin du temple. Mais comme il commençait à faire sombre à cause de la pluie, j'ai raté le chemin et j'ai fini par me retrouver au col où je vous ai rencontré.

- Oui, je me souviens .....

- Quand je vous ai entendu arriver, j'étais sûr que c'était le oni qui m'avait pisté. J'ai vite éteint mon feu en le mouillant et je suis parti me cacher.

D'où je me tenais je pouvais vous voir, mais il m'a fallu longtemps pour être bien sûr que vous étiez un humain.

- Ah oui ?

- Ben oui, votre manière de vous frotter la tête. Vous ne pourriez pas passer vos mains comme ça dans vos cheveux si vous aviez descornes.

Saburô fit une démonstration de ce tic de l'homme qui bientôt rejoint par le garçon se mit à rire. Ses vieux compagnons d'armes avaient l'habitude de le moquer pour la même chose.

- Mais pourquoi tu as raconté aux femmes du village que j'étais un tueur d'oni ?

- Ben j'ai un peu exagéré, mais je suis bien sûr qu'un oni ne vous fait pas peur et que vous pouvez en venir à bout facilement.

- Et de quelle manière ?

Saburô se tut brusquement. L'homme dut insister pour obtenir une réponse.

- Vous n'allez pas vous fâcher ?

- Me fâcher ?

- Promettez- moi.

- Bon d'accord, je te promets.

Après une dernière hésitation, Saburô baissa les yeux et reprit.

- Ben voilà. Vous êtes si laid que même un oni doit avoir peur de vous.

La réaction d'Akirô fit sursauter Saburô, mais sa frayeur fut de courte durée, parce que l'homme riait bruyamment en longs hennissements, la tête rejetée en arrière.

Saburô, lui, attendait ce qui allait suivre parce qu'il n'était pas tout à fait rassuré.

L'homme, une fois son hilarité calmée, essuya ses yeux et reprit la parole.

- Et toi tu n'as pas eu peur ?

- Holala si. Mais la boulette de millet sur le

mouchoir avait l'air si bonne ...

- Saburô, un jour ton appétit te perdra.

C'était le vieillard, qui les avait rejoint depuis quelques minutes et qu'Akirô n'avait pas entendu arriver et qui les écoutait en silence.

Puis s'adressant à ce dernier.

- Alors avez-vous convaincu ce garçon de vous accompagner.

- Non, pas encore, mais je m'y apprêtais.

Saburô se tenait l'oreille aux aguets, le corps tendu.

L'homme se tourna vers lui à nouveau.

- Bon voilà, j'aimerais retourner au village avec toi. Nous y passerons l'hiver et je pourrai apprendre plein de choses. Et nous aurons du temps pour que tu me montres cet arbre creux ....

Saburô s'était raidi et regardait alternativement l'homme et le vieillard avec des yeux affolés. Le vieillard lui sourit gentiment.

- Saburô je crois que n'as rien à craindre avec Akirô pour veiller sur toi.

- Akirô ?

- Oui, c'est le nom de notre compagnon.

L'homme prit la parole.

- Saburô, tu as fait de moi un vainqueur de démon, donc tu n'as rien à craindre, n'est-ce pas ....

Saburô tourna son visage vers le vieillard avec une expression d'interrogation anxieuse.

- Je ne peux qu'être d'accord. De plus l'hiver approche, et comme tu ne pourras plus chasser, ça me sera difficile de te nourrir à ta suffisance.

Vous serez tous deux dans mes prières de chaque jour.

Pas convaincu mais vaincu Saburô baissa la tête piteusement.

Le vieillard leur fit remarquer qu'il serait temps de partir s'ils voulaient atteindre le village avant la nuit, et resta sur le belvédère tandis que l'homme et le garçon s'éloignaient sur le chemin.

Chapitre 6

Avant d'arriver au village, l'homme et le garçon firent provision de bois. Le temps était humide et ils ne purent rien trouver de vraiment sec. Il leur faudrait laisser la porte de la maison ouverte pour éviter d'être enfumés.

Quand ils arrivèrent au hameau le soleil venait de se coucher, et tous les villageois s'étaient retirés dans leur maisons.

Toutes les portes étaient fermées et les volets tirés. Seuls quelques aboiements leur servirent de bienvenue.

L'homme n'eut pas de mal à retrouver la masure.

Près du irori un panier les attendait avec quelques provisions.

Ils prirent soin de démarrer un feu, puis ils s'assirent autour des flammes pour prendre le repas. Comme à son habitude, Saburô avala avec gloutonnerie boulettes de millet et radis séché.

En le regardant l'homme comprenait que le village se soit débarrassé de lui sans remords exagérés, tant la pitance quotidienne de chacun requiert d'efforts.

D'une certaine manière, l'homme fit honneur aux restes, mais négligea le cruchon de saké qui avait été disposé à son intention. Il voulait réfléchir et il avait besoin de garder la tête froide.

Il donna au garçon la natte et la couverture de paille qui lui étaient destinées et il retourna s'asseoir en position de méditation devant le foyer.

C'est ainsi qu'il s'endormit et que le froid de l'aube le trouva.

Il s'éveilla, étira son corps engourdi, puis entreprit

de réchauffer les quelques braises couvertes de cendre mais encore chaudes, et bientôt le feu commença à diffuser une douce chaleur qui éveilla le garçon pelotonné dans son coin.

Il s'étira, se frotta vigoureusement les yeux puis la tignasse, puis disparut derrière la maison pour se soulager.

Il revint et commença à farfouiller dans tous les recoins en quête de quelque chose à se mettre sous la dent.

Toujours assis, l'homme le regardait en réfléchissant au plan de la journée.....

Il avait hâte de se faire montrer par Saburô ce fameux arbre creux, mais en même temps il pensait qu'il valait mieux faire de cette visite une occasion d'impressionner les villageois.

Il décida donc de rencontrer les femmes, puis les hommes.

D'ailleurs s'il ne se trompait pas la porte-parole des femmes se présenterait tôt ou tard pour lui apporter du ravitaillement.

Il alla creuser le sol dans le lopin de terre attenant à la maison, et revint bientôt avec une brassée de racines de bonne taille, comestibles mais sans nul doute bien fibreuses.

Peu importe. Il les lava puis les jeta dans la marmite qu'il mit à bouillir au centre de l'irori.

Saburô le regarda faire sans rien dire, puis disparut prestement.

Il revint bientôt avec deux gros merles encore tièdes, qu'il pluma et prépara en silence.

Il les mit dans les cendres dans le irori au pied de la marmite et s'absorba dans la contemplation des braises.

De temps à autre il retournait les merles à l'aide de deux morceaux de bois qu'il maniait comme des baguettes.

L'homme pensait que décidément ce garçon était une ressource, et il appréciait son silence matinal qui tranchait nettement avec sa faconde habituelle.

Ce fut l'homme qui rompit le silence.

- Dis-moi Saburô, à qui appartenait cette maison ?

- Il s'appelait Tarô. Il a quitté le village il y a deux ans.

- Pourquoi est-il parti ?

- Ben sa femme a disparu dans la forêt, et il a préféré s'en aller.

- Tu sais où il est allé ?

- Non. Un jour il a pris le chemin par où vous êtes arrivé. On ne l'a plus revu. De toute façon il était devenu fou.

- Et ses terres ?

- Il n'avait pas grand chose. Maintenant c'est le chef du village qui s'en occupe.

- Il y en a d'autres comme ce Tarô ?

- Ben oui, c'est comme ça avec chaque maison abandonnée.

- Et il y en a beaucoup ?

- Quelques unes. On ne les utilise pas parce qu'on dit qu'il y a des fantômes.

- Et ta maison ?

- Elle s'est écroulée peu de temps après la mort de ma mère. Elle était malade et elle n'a même pas pu voir le dernier printemps.

- Et ton père ?

- Il est mort il y a trois ou quatre ans. Un arbre est

tombé sur lui comme il coupait du bois en forêt. Je suis sûr que c'est le oni qui lui a fait ce mauvais coup.

- Ta mère ne s'est pas remariée ?

- Ben, il y a bien eu quelques hommes de passage, mais aucun n'est resté. Dès que ma mère leur faisait comprendre qu'il leur faudrait un peu travailler, ils ramassaient leur baluchon et reprenaient la route.

- Je comprends pourquoi la maison n'était pas entretenue.

A ce moment arriva la femme qui lui avait parlé au temple.

L'homme la salua et lui demanda son nom.

- On m'appelle Botan (pivoine) depuis que je suis petite fille. Personne ne se souviens du nom que j'ai reçu à ma naissance.

Ce disant, elle se mit à rougir, justifiant par là le sobriquet qui lui servait maintenant de prénom.

Bien que peu porté sur la gent féminine, l'homme en son fors intérieur trouva que ce teint coloré lui seyait.

Il se frictionna la tête et demanda à la femme si on avait des nouvelles des gens qui avaient quitté le village.

Elle lui répondit que chaque fois ils avaient disparu en emportant quelques hardes et des bricoles dans un maigre baluchon et que personne n'était revenu ni n'avait japais donné la moindre nouvelle.

L'homme lui demanda ce qu'il advenait de leur lopin de terre.

- C'est le chef du village qui en prend soin. Il dit que s'ils rentrent ils seront contents de voir qu'on s'en est bien occupé.

- On ?

- Oui. En fait c'est tous les villageois qui s'en occupent en réalité.

- Et la récolte.

- C'est le chef du village qui la récupère et il l'emporte chaque automne avec les impôts. Il dit que comme ça chacun en paye un peu moins.

- Décidément j'aimerais bien le rencontrer. Il revient quand ?

- Entre la fin des dernières neiges et les fleurs de sakura (cerisiers).

- Et les disparitions, ça se passe quand en général ?

- C'est toujours à l'époque de la fête des moissons.

- Et le démon, il se montre de temps en temps ?

- Jamais, mais on sait qu'il est là.

- Comment ça ?

- Et bien les chiens aboient la nuit, et au matin, on retrouve une grande marque de griffe sur une porte. On aperçoit aussi de temps en temps des renards et des blaireaux presque dans le village.

- Mais ce sont des hôtes habituels de la forêt.

- Oui mais le oni est sûrement un bakemono (chose qui change) et il peut prendre n'importe quelle apparence.

- Mouais .... alors, cette marque de griffe ?

- Oui. Enorme.

- La dernière fois c'était quand ?

- Il y a environ une quizaine de jours, sur la maison de Saburô. C'est pour ça que le chef du village l'a choisi.

- Je peux voir ça ?

- Et bien la maison s'est écroulée, mais en cherchant bien on devrait retrouver la porte.

- On peut aller voir ça ?

- Saburô va vous montrer. Moi j'ai trop peur.

Le garçon, qui avait suivi toute la conversation sans piper mot, eut un gros soupir, car il se doutait bien que la journée serait difficile pour lui et que le moment inévitable de se mettre en route venait d'arriver.

- Allez mon garçon. Tu vas devoir commencer à mériter tout ce que tu manges.

Et ce disant, l'homme se leva, ramassa son long bâton qu'il avait posé le long d'un des murs, et posa sa main sur l'épaule de Saburô qui se leva et le suivit vers la sortie sans manifester la moindre émotion, mais trahissant son état d'esprit par ses épaules basses et sa démarche traînante.

Ils n'eurent pas à marcher longtemps.

La maison des parents du garçon se trouvait un peu en hauteur, assez proche de la lisière de la forêt.

La masure était plus qu'à demi écroulée, et on voyait bien que des éléments manquaient, sans nul doute récupérés par les villageois pour leur propre usage.

Par contre la parcelle attenante semblait bien entretenue, ce qui venait confirmer ce que la femme lui avait dit au sujet des terres des villageois manquants.

La porte tenait encore mais était de guingois. Personne n'avait osé y toucher, vraisemblablement à cause de marques qui se voyaient parfaitement, bien que légèrement altérées par les intempéries.

C'était une grande trace en diagonale, d'environ une coudée de long et formée de six traits parallèles. Elle avait environ deux mains de largeur, et semblait avoir été assénée sans violence, un peu comme un pinceau couvrant le papier pour une calligraphie.

L'homme fourragea dans la broussaille de son cuir chevelu et demanda à Saburô s'il se rappelait quand elle avait été faite.

Le garçon répondit que c'était après la mort de sa mère, et qu'il avait trouvé ça un matin au réveil. Il n'avait rien entendu, ce qui n'étonna pas l'homme car il savait que Saburô était un aussi solide dormeur que féroce mangeur.

Saburô continua son histoire et révéla à Akirô que la vie pour lui au village n'était pas devenue des plus facile. Il ne devait sa survie qu'à la charité de quelques familles qui le nourrissaient en échange de menus travaux, familles qui toutes d'ailleurs avaient subi la disparition d'un enfant.

Ayant demandé au garçon si d'autres maisons avaient été marquées de la sorte auparavant, l'homme fut étonné d'apprendre que c'était l'unique fois à sa connaissance.

Bien sûr, l'incident n'avait pas échappé à personne dans le village, mais personne ne fut capable de dire s'il avait remarqué quoi que ce soit, à part quelques aboiements.

L'homme était perplexe, mais sa détermination d'aller voir l'arbre creux ne s'en trouvait nullement entamée, tout au contraire.

Il posa sa main sur l'épaule de Saburô et lui intima de se mettre en route.

Chapitre 7

Depuis un bon moment l'homme avait cessé de tenir le bras du garçon, d'une part parce que l'étroitesse du chemin ne leur permettait plus d'avancer de front, et d'autre part parce que l'homme sentait que Saburô s'était résigné.

Il le suivait avec sa main posée sur son épaule et se contentait de le stimuler d'une pression lorsque le garçon ralentissait son allure.

Ils marchèrent ainsi deux bonnes heures, jusqu'à ce que Saburô dise que l'endroit lui semblait proche.

En écartant quelques buissons, l'homme finit par découvrir une trace, qui pouvait aussi bien être due aux sangliers qui étaient des hôtes coutumiers de la forêt.

Sa perspicacité fut bientôt récompensée car ils débouchèrent dans une clairière en replat, large de quelques enjambées, et au fond de laquelle se dressait un arbre majestueux.

Tout comme l'avait dit le garçon, qui s'était rapproché de l'homme à le coller et qui jetait des regards apeurés en tous sens, un taillis de buissons cachait la base du tronc.

Les ayant écartés, l'homme constata qu'une cavité assez vaste s'y trouvait, fort ancienne et naturelle à son avis.

Il y pénétra, et tâtonna le sol généreusement recouvert de feuilles mortes, répandues en litière.

Rapidement il y trouva sous les feuilles les restes d'une corde de paille, certainement le lien qui avait entravé le cou et les chevilles du garçon.

Il les montra à Saburô qui se tenait accroupi à l'entrée de la cavité. Le garçon déglutit bruyamment en les voyant et eut un hochement de tête affirmatif.

L'homme intima au garçon l'ordre de se tenir tapi à la même place et commença une inspection minutieuse des alentours.

Il n'eut pas à chercher longtemps. Derrière le tronc de l'arbre, pratiquement dissimulé par les sasa (sortes de bambous nains assez touffus), il y avait une grosse pierre de la taille d'un veau.

L'homme sauta et une fois perché sur ce piédestal, il examina soigneusement le tronc de l'arbre au-dessus de lui.

Il remarqua que par endroits la mousse était absente, et en conclut que cela était dû au passage répété de quelqu'un ou quelque chose.

Il appela Saburô, qui arriva dans la seconde, et le hissa sur ses épaules.

Le garçon s'accrocha à la première branche, s'y hissa et s'assit à califourchon.

- Il y a un trou au-dessus.
- C'est haut ?
- Non, mais j'ai peur.

L'homme prit une grosse voix pour que le garçon se ressaisisse.

Saburô se dressa sur la grosse branche. Il mit sa main dans le trou comme il avait coutume de le faire pour dévaster les nids d'écureuil. Il tâtonna un peu et soudain poussa un cri et retira sa main prestement et jeta un objet sur le sol.

Sans attendre que Saburô soit redescendu, l'homme sauta à bas du rocher et ramassa l'objet.

C'était une sorte de branche ramifiée, noircie par le feu afin de la durcir. Les six branches épointées avaient la forme d'une griffe d'environ deux mains de large.

- Tiens, le voilà le démon.

Le garçon fixait l'objet les yeux écarquillés et la bouche grande ouverte. Puis il se mit à rire et à danser sur place.

- Calme-toi mon garçon. Maintenant nous sommes bien sûr qu'il ne s'agit pas d'un démon, mais nous avons affaire à un adversaire certainement bien plus dangereux. Je pense même qu'il ne doit pas être seul.

Dans tous les cas, nous allons pouvoir rassurer les habitants du village, et ça les fera peut-être parler.

Allez, on rentre.

Ils firent le chemin du retour plus vite qu'à aller, la pente leur étant favorable.

Le soleil était bas mais pas encore couché lorsqu'ils arrivèrent dans le village, mais tous les villageois étaient déjà rentrés.

Avant de rejoindre leur logis ils passèrent à l'ancienne demeure de Saburô.

L'homme demanda au garçon de lui passer la griffe, que le garçon avait portée comme un trophée tout le long du chemin de retour. Akirö en posa les pointes sur la marque de la porte, et constata sans aucune surprise qu'elles coïncidaient parfaitement.

Une seule chose le chiffonnait.

Son geste pour suivre les traces sur le bois de la porte l'obligeait à s'incliner de côté.

Il se mit à se frotter vigoureusement la tignasse, et soudain il eut une illumination. Saburô avait repris son trophée et le tenait de sa main gauche.

L'homme lui reprit la griffe et refit son geste, mais cette fois-ci de la main gauche.
Saburô n'avait jamais vu le visage l'homme s'éclairer

d'une telle expression de satisfaction.

- Allez, viens mon garçon, rentrons. Faisons un bon feu et voyons si on nous a apporté quelque chose à manger, parce qu'aujourd'hui nous avons bien mérité notre pitance.

Rien ne pouvait faire plus plaisir au garçon et il prit les devants.

L'homme le suivait d'un pas alerte, en pensant déjà à son programme du lendemain.

Chapitre 8

Habituellement levé avant le chant du coq, l'homme s'était accordé un peu de repos. Mais il était bien réveillé, et l'arrivée de Botan le trouva perdu dans ses réflexions.

Saburô quitta d'un bond sa paillasse et s'approcha en quête de sa ration matinale.

Tandis qu'il mangeait, l'homme alla chercher la griffe dans le coin où il l'avait déposée la veille et la mit sur le plancher râpeux devant Botan. Elle écarquilla les yeux en regardant alternativement le visage de l'homme et l'objet.

Il lui raconta leur expédition de la veille, ainsi que les aventures forestières de Saburô avec le chef du village, puis son évasion. Elle l'écoutait en silence tout en hochant la tête.

Puis l'homme lui demanda si par hasard le chef du village était gaucher, ce à quoi elle répondit par l'affirmative.

Bien que pas du tout étonné, l'homme eut l'air satisfait de cette réponse, qui venait pour lui comme la confirmation à pas mal de ses suppositions.

Il demanda à Botan de réunir tout le village pour le soir, parce qu'il aurait bien des choses à discuter avec eux.

Pendant la journée, l'homme occupa son temps à quelques réparations dont la masure avait grand besoin, puis prépara un repas avec les ingrédients que Botan lui avait apportés le matin. Il fit une sorte de bouillie de millet avec quelques légumes complétés par des petits poissons et des écrevisses que Saburô avait attrapés dans le ruisseau en contrebas.

Ils mangèrent tôt, avant que le soleil disparaisse derrière le col.

Les soirées fraîchissaient, et il avait pris soin de ramasser du bois afin d'avoir un feu bien nourri lorsque les villageois viendraient en soirée.

Ce n'est pas tant qu'il voulait assurer confort et chaleur à tous, mais surtout parce qu'il voulait qu'il y eût suffisamment de clarté pour pouvoir observer nettement les visages.

Comme il s'y attendait, c'est Botan qui arriva la première, suivie à courts intervalles par d'autres femmes en qui il reconnut certaines qu'il avait déjà entrevues au temple.

Puis, un homme arriva, salua de la tête et par une inclinaison du buste, et alla s'asseoir dans un coin peu éclairé.

Il ne fallut pas longtemps pour qu'une vingtaine de personnes soient regroupées autour du irori, surtout des femmes dont cinq ou six accompagnées de ceux qui devaient être leurs maris.

Personne ne déclina son nom, et Botan les présenta comme ayant tous eu à subir la disparition d'un enfant, voire deux pour une même famille.

Botan fit signe à l'homme qu'il pouvait commencer, estimant que vraisemblablement il n'y avait plus lieu d'attendre d'autres personnes.

Tous regardaient intensément l'homme, tant sa physionomie leur inspirait une crainte proche de la méfiance. Sa grosse tête carrée au nez tordu, et surtout ce visage couturé de cicatrices et encadré de cheveux en brousaille et de barbe semblait animé d'une vie particulière dans les lueurs du foyer qui l'éclairaient par en-bas.

Habitué qu'il était à ce genre de réaction vis à vis de sa beauté très spéciale, il ne s'offusqua pas d'être ainsi dévisagé, et se concentra le groupe qui formait un demi cercle face à lui. Seule Botan se tenait du même côté du irori que lui, ainsi que Saburô.

Quand il leva la main pour fourrager dans sa tignasse, certains eurent un réflexe de recul, et le groupe fut parcourut par un mouvement comme une vague.
Cela se reproduisit lorsque sans un mot, il sortit la griffe, qu'il avait posée sur le sol derrière son dos.

Il y eut un brouhaha quand il la brandit, et certains même amorcèrent un début de fuite.

Tandis que l'homme posait la griffe sur le rebord du irori, Botan les appela au calme et commença à raconter les grandes lignes de l'histoire.

Tous s'étaient tus et écoutaient avidement tout en ne quittant pas des yeux la griffe, comme s'ils craignaient de la voir soudain s'animer.

Puis Botan, demanda à Saburô de donner sa version personnelle des faits.

Pour une fois qu'il pouvait donner libre cours à sa faconde et que de plus tous semblaient l'écouter avec intérêt, Saburô se lança dans un récit décousu et volubile, que l'homme rattrapait de temps à autre par un raclement de gorge lorsqu'il trouvait que le garçon devenait tropconfus.
Puis Saburô se tut, et c'est le moment que choisit Botan pour prendre la griffe sur le bord du irori et la tendre à la femme qui se trouvait la plus proche d'elle. Avec une interrogation muette dans les yeux, cette dernière tendit une main hésitante comme si elle s'attendait à y recevoir une braise incandescente.

Comme rien ne se passait, la femme contempla la griffe sous toutes ses coutures, hocha la tête et la passa à sa voisine. Bientôt toutes les mains se tendirent, et la griffe eut tôt fait le tour de l'assemblée. En même temps les premiers murmures avaient fait place à un véritable brouhaha, et même quelques brefs rires fusèrent.

L'homme sentit que les questions n'allaient pas tarder, et il répondit à toutes avec patience.

L'atmosphère s'était nettement réchauffée, et venue des derniers rangs de l'assemblée, une main tendit un cruchon qui arriva prestement sur le bord du irori devant Akirô.

Sans aucun doute sur le contenu, l'homme l'éleva, porta le goulot à sa bouche et fit descendre une rasade dans sa gorge.

Au cours de sa vie de soldat, il avait fait l'expérience de toutes sortes de breuvages, aussi la force de l'alcool ne l'émut guère, bien qu'il ne pût reconnaître avec quoi il avait été élaboré.

En dépit de l'aigreur du liquide et d'une forte amertume, il en descendit une lampée et reposale cruchon sur le bord du irori. Puis il se frotta la tête vigoureusement et dit.

- Et bien, je vois que vous avez tout ce qu'il faut pour vous débarrasser de n'importe quel oni sans les services de qui que ce soit.

Un grand rire secoua toute l'assemblée et le cruchon qu'il avait fait glisser vers le groupe passa bientôt de main en main.

Dans le même temps, tous s'étaient rapprochés et commençaient à le traiter familièrement, comme on parle à une vieille connaissance.

L'homme reprit la parole, et le bruit cessa aussitôt.

Tous l'écoutèrent avec avidité.

Il leur parla de ses soupçons vis à vis du chef du village, soupçons confirmés par la découverte de la griffe dans la cachette où ilemmenait les enfants.

Il ignorait quelles motivations poussaient le chef du village à ces enlèvements d'enfant, et leur dit qu'il comptait bien sur eux pour l'aider à les découvrir.

Petit à petit, il commençait à comprendre quels intérêts étaient en jeu, car en fait pas mal de villageois avaient déserté les lieux, et le chef avait récupéré leurs terres.

Mais en dehors de l'importance que cela pouvait lui donner au village, il ne voyait pas bien ce que toutes ses manigances pouvaient lui rapporter, d'autant que les villageois sont soumis au servage et ne possèdent pas les terres, qui appartiennent en fait au seigneur local.

Il avait tant d'interrogations en tête qu'aucune question même n'arrivait à prendre consistance. Le vacarme croissant et la circulation de plusieurs autres cruchons de saké n'y étaient pas pour rien.

Il se pencha vers Botan dont le visage empourpré justifiait le sobriquet qui lui servait de nom.

Elle dut presque crier pour dire au groupe de faire silence. Les conversations s'éteignirent peu à peu.

L'homme se frotta vigoureusement le crâne.

- Et bien, je crois avoir accompli ma mission. Vous savez maintenant ce qu'il en est de ce démon, et vous n'avez plus aucune raison d'avoir peur. Je vais quitter le village dès demain.

Quant au chef du village, vous en savez maintenant assez pour l'accueillir comme il le mérite à son retour.

Il y eut des cris de surprise et de réprobation, vite

éteints. Puis le bon sens des villageois prit le dessus. En effet, pourquoi nourrir un homme qui ne travaillait pas ?

Tous se levèrent, saluèrent et partirent en silence. Akirô se tourna vers Botan et s'apprêta à lui parler.

- Je ne crois pas qu'ils fassent quoi que ce soit contre le chef du village. Ils ont tous trop peur.

La voix venait d'un coin jusqu'où la clarté diffusée par les flammes du irori ne parvenait pas.   C'était l'homme qui était arrivé le premier. Il s'était tenu dans son coin, immobile et silencieux.

Botan se pencha vers Akirô..

- Lui, c'est Daisuke. Il d'abord perdu sa jeune soeur, et l'année suivante ça a été le tour de sa femme.

- Sa femme ? Mais je croyais que c'était uniquement des enfants qui avaient disparu.

Daisuke prit la parole.

- Ma soeur Yumi a été désignée pour le sacrifice il y a trois années de cela. Elle avait treize ans; elle était très jolie.

J'ai essayé de protester, mais personne ne m'a soutenu.

Par la suite, tout le monde évitait d'être vu en ma présence. Je n'avais plus que mes vieux parents, mais tous les deux sont morts de chagrin pendant l'hiver qui a suivi.

Il ne me restait que Hana, ma femme. Elle était enceinte. On attendait le bébé pour la fin de l'hiver .....

Daisuke se tut, le visage tourné vers le sol. Sa glotte montait et descendait à toute vitesse dans sa gorge.

- Elle a été désignée pour le sacrifice ?

C'est Botan qui reprit.

- Non, c'était toujours des enfants. Mais elle a

disparu pratiquement au même moment. Elle aussi était très jolie .... elle n'avait que dix-sept ans.

L'homme s'adressa à Daisuke.

- Vous l'avez cherchée.

- Oh que oui. Mais personne n'a voulu m'aider. Tout le monde a pensé que j'avais mérité tout ce qui m'arrivait.

- Et malgré tout vous avez décidé de rester au village ?

- Je n'avais nulle part où aller, et je dois rester pour honorer la tombe de mes parents. Et puis je suis le seul forgeron. Je travaillais avec mon père presque depuis que j'étais en âge de marcher, et j'ai continué seul quand il est mort.

- Il y a du minerai par ici.

- On dit qu'il y a de vieilles mines dans les montagnes, mais en fait c'est toujours le chef du village qui en rapportait à chaque retour.

- Il emmenait d'autres hommes ?

- Non il partait seul avec deux vaches. A l'aller elles portaient le riz de l'impôt, et au retour il les chargeait avec du minerai.

- Et vous le lui achetiez ?

- En fait, lorsqu'un villageois avait besoin d'un outil, il achetait du minerai au chef du village, puis il me l'apportait. Chacun me payait en provisions, pour les nouveaux outils et les réparations.

- Hum hum, je vois. Et votre avis sur le chef du village ?

- J'ai toujours pensé qu'il cachait pas mal de choses, mais allez savoir quoi .....

Daisuke se tut, puis se leva, salua et prit congé.

Botan le suivit des yeux et reprit la parole.

- C'est une bien triste histoire ....

L'homme fourragea dans sa tignasse et demanda à Botan s'il y avait un endroit pour le bain dans le village.

- Oui, nous avons une cabane près du ruisseau. Nous avons une source et il y toujours de l'eau chaude en abondance.

L'homme la remercia, attrapa Saburô par le col et se fit montrer le chemin.

Une heure plus tard, décrassé et détendu, toujours flanqué d'un Saburô maussade mais propre, il frappait à la porte de la maison de Botan.

- Je pense que je vais monter demain au temple. J'ai besoin de conseils.

- Et bien, faîtes le trajet avec nous. Nous allons porter des provisions au prêtre, et grâce à vous deux nous pourrons emporter plus de charge.

A ces mots Saburô poussa un gros soupir et se recroquevilla. Il ne pipa pas un mot jusqu'à leur logis et fila de suite à sa paillasse.

Chapitre 9

La combe étant ouverte vers l'est, le village profitait des touts premiers rayons du soleil matinal.

Ce fut l'heure du départ pour la petite caravane, qui outre l'homme, Saburô et Botan, comprenait quatre autres femmes.

Comme à l'accoutumée, elles portaient sur leur dos un grand panier avec une longue lanière qui passait devant leur front.

L'homme et le garçon furent chargés de la même manière et ils semirent en route.

La progression se fit en silence, car chacun avait besoin de tout son souffle.

Le chemin ourlé de givre était magnifique, bordé qu'il était par les ors et les rouges des feuillages d'automne.

Le soleil était presque à son zénith lorsqu'il débouchèrent sur l'esplanade du temple.

Le vieillard les accueillit avec sa gentillesse coutumière, et pendant que les femmes partaient s'affairer à l'intérieur, il entraîna Akirô vers le banc au bord du belvédère.

L'homme entama son récit, et conclut par ses interrogations au sujet du chef de village. Le vieillard écouta intensément, et demanda à l'homme ce qu'il avait l'intention de faire.

- Et bien c'est pour cela que je suis revenu. Je voudrais votre conseil.

- Pensez-vous que vous avez achevé votre mission ?

- Pour ce qui est des villageois, je dirai que oui.

Mais ça me laisse insatisfait.

- Alors vous n'avez pas besoin de mes conseils. Vous avez répondu par vous même à votre question.

L'homme se frottait la tête, à vrai dire pas trop étonné de la réponse du vieillard.

- Bon, je crois que je vais prendre le même chemin que le chef du village. Je pense que les villageois pourront me dire où il va.

- S'il va livrer l'impôt, il doit aller au chef lieu du district. C'est Ueno, à trois jours de marche du village.

Je sais que le chef de district y vient deux fois l'an, une fois pour collecter l'impôt et une seconde fois avant l'été pour les affaires de justice.

Vous pourrez toujours vous adresser à lui. Mais pour cela vous devez être accompagné d'un représentant du village.

- Ca risque de ne pas être facile, parce qu'ils sont tous terrorisés par le chef du village, même quand il n'est pas là .....quoi que .... j'ai peut-être quelqu'un.

- Dans ce cas, si vous allez à Ueno, présentez-vous au Katsuo-ji (littéralement le temple qui a vaincu le roi). Le supérieur est un de mes amis de longue date. Il vous aidera et vous apportera toute l'aide qui sera de son possible. Je vais vous écrire un message dans ce sens.

L'homme fut interrompu dans ses remerciements par l'arrivée de Saburô, venu leur annoncer qu'un repas les attendait.

Les femmes avaient préparé du millet et des légumes, qu'ils prirent en silence pendant qu'elles-même mangeaient debout dans les cuisines.

Puis le vieillard, partit chercher de quoi écrire. Il revint avec une boite faite de bois léger, du pawlonia, sans vernis ni le moindre ornement.

Il en ôta le couvercle, en tira une feuille vierge, une pierre à encre et un pinceau. Il frotta un bâtonnet d'encre sur la pierre, la mouilla d'un peu d'eau et y frotta son pinceau.

Puis il commença à écrire devant Akirô admiratif d'une telle maîtrise. Lui-même ne savait ni lire ni encore moins écrire, et il regardait fasciné les signes harmonieusement occuper peu à peu l'espace blanc de la feuille de papier.

Ayant fini, le vieillard laissa l'encre sécher doucement, puis il enleva les quatre petites pierres qu'il avait posées aux coins de la feuille pour la maintenir bien plate.

Ensuite, il roula la feuille, et l'entoura d'une bande d'étoffe qu'il noua joliment et la tendit à l'homme.

Il remercia, et tous deux s'entretinrent au sujet de Saburô. Le vieillard avait écrit quelques mots à son sujet dans le message pour prier le supérieur du Katsuo-ji de prendre soin de lui.

Les femmes avaient fini leurs tâches et attendaient sur l'esplanade.

L'homme et le garçon les rejoignirent, et le groupe s'éloigna.

Dès qu'ils eurent disparu sur le chemin, le vieillard retourna à sa méditation soliotaire.

Pendant que les autres femmes caquetaient tout en marchant, l'homme parla à Botan de son intention de se rendre à Ueno, sur les traces du soncho, le chef de village.

La nouvelle sembla lui plaire.

Il annonça qu'il partirait le lendemain matin aux premiers rayons du soleil.

Il dit aussi qu'il voulait convaincre Daisuke de l'accompagner, car seul un représentant du village pouvait s'adresser au magistrat.

- C'est une bonne idée. J'irai le voir ce soir.

Puis ils cheminèrent en silence jusqu'au village.

Chapitre 10

Aucune lueur ne filtrait encore par les interstices des planches mal jointes de la maison lorsque l'homme fut tiré de son sommeil par le bruit de quelqu'un qui toquait à la porte. Il se leva et fit glisser l'huis.

Botan et Daisuke entrèrent. L'homme les invita à s'asseoir près du irori où quelques braises rougeoyaient encore.

- Alors, c'est décidé, tu viens avec moi ?

- Oui. Je n'ai personne qui me retient ici et Botan m'a promis de s'occuper de la tombe de mes parents pendant mon absence.

Les joues de Botan s'étaient empourprées.

- Oui, je m'occuperai de tout ça, n'aie crainte. Je vous ai préparé des provisions pour la route. Faites bon voyage et revenez-nous vite.

Elle désigna un panier à dos qu'elle avait laissé dans l'entrée, et partit vite à ses tâches quotidiennes.

Le temps de réveiller Saburô, tous trois se mirent en chemin, tout en mâchant des boules de millet que Botan leur avait préparées.

Juste à ce moment, le soleil se montra et l'homme reçut cette salutation de l'astre comme un heureux présage.

Trois jours plus tard, après avoir marché d'un bon pas et ne s'arrêtant que pour le repos nocturne nécessaire, ils arrivèrent à un embranchement.

Un paysan qui répandait de la paille coupée dans une rizière, les informa de ce que le chemin de droite descendait vers Ueno, situéà une demi-journée, et que le chemin de gauche montait vers Katsuo-ji, où ils pourraient arriver au bout de deux heures de marche facile.

La journée était bien avancée, et ils ne tenaient pas à arriver à Ueno au crépuscule. Le mieux était donc de monter vers le temple, où sans nul doute ils pourraient trouver le gîte sinon le couvert.

Effectivement, environ deux heures plus tard, ils arrivèrent sur l'esplanade du temple, vaste périmètre entouré d'imposants bâtiments sur trois côtés.

L'homme avisa un jeune moine vêtu d'une veste et d'un pantalon brun. Ils se saluèrent très poliment, et le jeune homme les emmena sur l'arrière du bâtiment qui se tenait face à l'entrée.

Là, il y avait une sorte de place, avec au centre le bâtiment du sanctuaire où se déroulaient les rites.

Encore derrière, se dressaient une demi- douzaine de bâtiments sans ornements et qui devaient êtreles communs.

Vu le nombre de bâtiments et leurs dimensions imposantes, Akirô déduisit que le Katsuo-ji devait abriter un effectif assez important. D'ailleurs, sur l'esplanade, il y a avait une bonne trentaine de moines, tous revêtus de la même tenue brune.

Tous étaient de jeunes hommes, qui s'affairaient à divers travaux d'entretien, et de qui émanait une atmosphère virile, voire martiale.

Leurs gestes étaient précis, concentrés, et aucun n'échangeait le moindre mot.

L'homme avait vu des dôjô d'entraînement aux techniques d'armes, et il n'aurait pas été étonné que le temple, comme son nom pouvait le laisser supposer, fût le quartier général ou une annexe d'une secte de moines guerriers.

Une quinzaine d'années auparavant, il avait eu l'occasion d'en voir au combat, et ils s'était réjoui que le jeu des alliances entre seigneurs ait fait qu'il se trouve dans le même camp qu'eux. Ils étaient bien entraînés, vigoureux et vaillants.

Leur guide les conduisit devant le plus grand des bâtiments, et en revint bientôt aux côtés d'un gaillard d'au moins six pieds, aux larges épaules et doté d'une bedaine telle qu'en ont les représentations des divinités du panthéon shinto.

Le colosse joignit ses deux énormes mains devant sa poitrine et salua le trio d'une brève inclinaison de tête. Ils répondirent au salut de la même manière, et Akirô tendit le rouleau qu'il venait de sortir de sa veste.

Le gaillard le prit, détacha le lien d'un coup d'ongle, déroula le papier et lut le message en silence tout en les regardant alternativement.

- Bon, je vois. Toi, tu es Akirô, toi Saburô. Et toi qui es-tu ?

Daisuke déclina son nom.

Le costaud hocha la tête, mit le message dans sa manche et les invita à le suivre.

- Vous êtes les bienvenus à Katsuo-ji. Installez-vous et reposez-vous.

Je vous verrai plus longuement demain matin.

Il frappa dans ses mains, et à un jeune novice aussitôt accouru il confia le soin de trouver au trio un hébergement qui convienne à leur condition d'invités de marque.

Puis il tourna les talons et partit à grandes enjambées décidées.

Le jeune novice, guère plus âgé que Saburô, mais nettement mieux nourri les guida à l'arrière du bâtiment dont ils firent le tour en empruntant l'engawa (sorte de terrasse qui entoure les maisons, etprotégée par l'avancée du toit).

Il fit glisser un volet de bois, puis une porte située juste derrière, et leur découvrit une petite pièce au sol recouvert de six nattes tatami.

Pour Akirô qui avait voyagé ce n'était pas une découverte, mais par contre c'était la première fois que Saburô et Daisuke voyaient autre chose qu'un plancher râpeux ou de la simple terre battue.

Ils posèrent leurs maigres possessions dans un coin et s'étendirent pour une sieste tardive.

Daisuke avait les yeux clos et Saburô ronflait allègrement lorsque le jeune novice revint et déposa devant eux trois tenues brunes, identiques à celles que tous portaient dans le temple.

Il les convia à prendre ces nouveaux vêtements avec eux, et les conduisit vers un autre bâtiment dont on pouvait voir une légère vapeur s'échapper par le toit.

Ils entrèrent et purent voir à travers la buée ambiante, un vaste espace aux parois et au fond de pierre, bordé sur trois côtés par de grosses poutres de cèdre.

Des moines s'y trouvaient, leur corps immergé jusqu'aux épaules dans une eau fumante.

Au fond, on pouvait voir la pente de la montagne, d'où coulait un ruisseau d'eau chaude.

Sur le sol mouillé, ça et là, des moines accroupis s'aspergeaient le corps et se frottaient vigoureusement, s'entraidant pour le dos.

Le novice leur indiqua une étagère où ils déposèrent leurs vêtements, les vieux comme les neufs.

Il appela un autre moine qui les prit en charge. On

les fit asseoir sur des pierres, et après avoir reçu deux ou trois baquets d'eau chaude en guise de bienvenue, trois moines se mirent leur raser la tête et la barbe.

On leur donna le nécessaire pour laver et frictionner leur corps, puis on leur indiqua la pièce d'eau où on les laissa tremper pendant une vingtaine de minutes.

Ecoulé ce laps de temps, le jeune novice revint les chercher et les emmena vers le vestiaire où il donna à chacun une pièce de lin rêche avec laquelle ils se débarrassèrent des dernières gouttes d'eau. Puis ils revêtirent les tenues de moine. Ils avaient maintenant tout à fait la tête de l'emploi, surtout Daisuke, car son visage avait encore quelque chose de juvénile.

Sans sa tignasse, Saburô avait l'air tout freluquet.

Il regardait le visage d'Akirô. Le garçon s'était habitué à ce nez tordu, mais il lui faudrait encore quelque temps pour s'accoutumer au menton qui, lui, prenait franchement la direction opposée.

De plus sa lèvre supérieure portait une cicatrice blanchâtre. Ce visage était un portrait inoubliable, tout carré qu'il était et surmonté de la demi-boule toute blanche du crâne.

En fait comme le visage de l'homme était tout blanc aussi au niveau du tiers inférieur, c'était comme s'il portait un masque brun au niveau du nez et des yeux.

On leur avait aussi donné des sandales un peu surélevées et dotées d'une semelle de bois, et tenues aux pieds par une cordelette de paille qui passait entre le premier et le deuxième orteil.

Les graviers ronds qui avaient été épandus sur le sol ne leur facilitèrent pas la marche, et le trajet jusqu'à leur logis leur parut presque plus fatiguant que les trois jours qu'ils venaient de passer sur les chemins.

Ils n'eurent pas à attendre longtemps avant que le novice ne revienne, cette fois-ci accompagné de deux congénères du même âge.

Chacun portait un plateau monté sur de courts pieds, sur lequel il y avait diverses vaisselles très simples, contenant ou supportant du riz complet, des légumes dans un potage, et une sorte de végétal brun au goût assez fort et qui s'avéra craquant sous la dent. On leur avait aussi laissé une sorte de cruchon assez plat avec une poignée et un couvercle, rempli à ras bord d'une eau chaude et parfumée, et au goût des plantes qu'on y avait mis à infuser.

Pendant qu'ils étaient au bain, on leur avait préparé une mince natte et une couverture guère plus épaisse pour chacun.

Le soleil avait décliné, et le temple qui se trouvait dans un sous-bois d'immenses cèdres fut rapidement dans l'obscurité.

Ayant fait honneur au couvert, les trois compagnons firent de même pour le gîte et s'endormirent bientôt.

Chapitre 11

Il faisait encore nuit quand retentit la première cloche. Le son profond et puissant sembla rester suspendu un instant dans l'air froid du matin.

Akirô, Saburô et Daisuke se réveillèrent et s'assirent.

L'homme porta la main à son crâne pour le frictionner comme il avait coutume de le faire au réveil. Le contact de sa peau nue le surprit, et tout lui revint rapidement.

Il se demandait bien ce que le vieillard du temple de la montagne avait bien pu écrire pour qu'il se retrouve ainsi moine malgré lui.

De toute façon, il allait rencontrer le supérieur du Katsuo-ji dans la matinée, et il aurait tout loisir de lui poser la question.

Le panneau de bois de la porte glissa, et le jeune novice de la veille passa la tête dans l'ouverture. Il ne dit rien, mais leur fit signe de se lever et de le suivre.

Ils n'eurent pas à aller loin. Le réfectoire se trouvait dans le bâtiment voisin. Tous les moines étaient assis selon une figure qui représentait un rectangle, mais sans aucun vis-à-vis, puisque chacun se tenait à environ un pas d'un mur et en lui faisant face.

Ainsi chacun tournait le dos à tous, et les risques de voir s'élever des conversations étaient réduits à néant.

Saburô contemplait la scène d'un regard vide et résigné.

Il restait quatre emplacements vides, bientôt occupés par le jeune novice et le trio.

Devant chacun était disposé un plateau de bois

brut avec du millet, un bol de légumes tièdes, et le même radis mariné que la veille au soir.

Ils mangèrent en silence, sauf quand ils se mirent à mastiquer le radis mariné, qui croquait avec bruit dans leur bouche. Ce fut l'occasion pour les trois compagnons de remarquer que les moines, eux, ne faisaient pas le moindre bruit.

Ils avalèrent tout rond ce qui leur restait dans la bouche, et louchèrent de côté pour savoir ce qu'ils devaient faire.

Après une vingtaine de minutes de silence méditatif, le calme profond fut rompu par le bruit des moines qui se levaient.

Le jeune novice leur montra ce qu'ils devaient faire et ils le suivirent avec leurs plateaux jusqu'aux cuisines.

Le supérieur n'ayant pas donné l'impression d'avoir remarqué leur présence, ils sortirent du bâtiment à la recherche de quelque activité.

Ayant vu un vieux moine qui s'appliquait à ramasser les feuilles mortes que le vent avait apportées, ils l'imitèrent et furent bientôt absorbés dans leur tâche.

Un moment plus tard, le jeune novice vint les chercher et les guida vers le bâtiment du réfectoire.

Assis sur le sol, le gaillard qu'ils avaient brièvement rencontré la veille leur fit un signe d'invite. Ainsi c'était donc lui le supérieur.

Akirô fut cette fois certain que le Katsuo-ji était un centre de moines guerriers.

Dès qu'ils furent assis, le supérieur prit la parole.

- J'espère que vous êtes bien reposés. Nous ferons tout ce qui est en notre pouvoir pour vous apporter l'aide que vous souhaiterez.

Cependant, le message de ancien maître du temple de la montagne ne dit que peu de choses au sujet de ce que vous comptez entreprendre.

Akirô passa sa main droite sur son crâne rasé.

- Et bien nous n'en savons rien nous-mêmes. Mais je vais vous raconter toute l'histoire depuis le début.

Et il entreprit de rapporter ce qui s'était passé au village, comment

lui-même s'y était trouve mêlé, et il présenta Saburô et Daisuke.

Le supérieur écouta avec attention.

- Bon, je crois avoir compris le fond de l'affaire. Par contre je ne vois pas bien ce que je pourrais vous conseiller. C'est sur les recommandations de mon ami du temple de la montagne que je vous ai transformés en moines, du moins par votre aspect.

A ce que j'en vois, il est vrai que vous pouvez faire illusion.

Votre destination étant en fait Ueno, je pense que vous pourrez vous y rendre de manière régulière et vous y faire passer pour des moines mendiants. Vous pourrez ainsi vous poster aux carrefours et observer.

Vous ne serez pas embêtés ni même questionnés, y compris par la milice, pas plus par les hommes du magistrat.

Votre appartenance au Katsuo-ji vous protège mieux qu'une armure où n'importe quel billet de recommandation.

- Avec tout mon respect, votre grâce, d'où le Katsuo-ji tire-t-il son nom ?

- Et bien, dans des temps anciens, le magistrat s'était mis en tête de nous faire payer l'impôt sur les récoltes et les donations.

Nous lui avons résisté, et l'affaire a fini par une bataille qui a tourné à son désavantage.

Les gens du crû ont alors commencé par nous désigner comme le temple qui a vaincu le roi, et le supérieur de l'époque a jugé que ça ne pouvait que nous aider à nous construire une réputation, et de sobriquet, Katsuo-ji est devenu le nom officiel de notre temple.

- Je vois.

Akirô demanda ensuite au supérieur de lui décrire la bourgade de Ueno, l'organisation urbaine et ce qu'on pouvait y trouver. Puis il posa une dernière question.

- Sauriez-vous où nous pouvons nous procurer des sandales de

paille car nous avons quelques problèmes avec les geta (sandales de bois) que l'on nous a données.

- Nous ne portons pas de sandales de paille habituellement, mais notre intendant vous guidera à nos réserves et vous y trouverez sûrement de quoi fabriquer par vous-mêmes ce qui vous convient.

Tous trois remercièrent le supérieur, et ils se firent montrer par l'intendant ce qu'ils pouvaient utiliser pour se fabriquer des sandales.

Mieux que de la paille ou du jonc, ils optèrent pour de la solide ficelle de chanvre qui leur garantirait un usage plus long.

Puis ils consacrèrent le reste de la journée à leur artisanat etquand vint l'heure de rejoindre le réfectoire pour le repas du soir, chacun d'eux était équipé de deux paires.

Chapitre 11

Le lendemain matin, sans avoir avalé rien d'autre que de l'eau, ils partirent à l'aurore. Avoir un peu faim ne pouvait que les rendre plus convaincants dans leur rôle de moines mendiants.

Le chemin par lequel ils étaient arrivés, et qu'ils avaient quitté à l'embranchement pour prendre à gauche la montée vers le temple, contournait en fait la colline.

Depuis les hauteurs où se trouvait le temple, un autre chemin menait directement à Ueno, ce qui ne leur prit qu'une demi-heure.

A l'entrée de la bourgade, il n'y avait aucune barrière ni aucun poste de garde, mais ils firent halte pour décider de leur journée.

Ils convinrent de commencer par rester ensemble pour faire le tour des lieux et choisir un emplacement à chacun.

En effet, en se séparant ils pourraient mieux surveiller les allées et venues des habitants et des voyageurs.

Ils étaient certains de ne pas être particulièrement remarquables, l'anonymat que leur conférait leur tenue de moine étant complété par un vaste chapeau conique qui leur cachait la moitié supérieure du visage, à l'exception de Saburô qui ne pouvait prétendre être autre chose qu'un moinillon assistant.

Malgré l'heure matinale, il y avait déjà en ville une certaine activité. Les artisans ouvraient leurs échoppes et on entendait dans les maisons les gens qui s'activaient à rallumer leurs feux.

Déjà quelques carrioles à bras brinquebalaient dans les rues, et des porteurs arrimaient leurs charges.

La bourgade, sans être importante, devait sa raison d'être à sa position sur un confluent. Deux gros ruisseaux s'y rejoignaient pour former une rivière. Dans chacune des vallées se trouvait une route qui toutes deux se rejoignaient pour former une voie assez passante menant vers l'est.

En outre, Ueno était un carrefour avec une autre route fort fréquentée par les marchands et divers voyageurs, et traversant la ville dans le sens nord-sud.

C'était sur cette route que se trouvait le pont Mikawabashi (pont des trois rivières) enjambant la rivière Fuku juste après le confluent des deux ruisseaux.

La plus grande partie de l'agglomération se trouvait sur la partie assez plane se trouvant de l'autre côté du pont.

Les trois compagnons ne mirent pas longtemps à prendre leurs repères, et ils décidèrent de l'endroit où chacun se posterait.

Daisuke se tiendrait sur la route principale à l'entrée du pont.

Akirô, lui, se posterait au carrefour principal.

Quant à Saburô, il irait çà et là et viendrait régulièrement faire des rapports sur ses explorations.

Peu à peu la bourgade s'éveillait et les bruits de raclements de gorge et de crachats faisaient place aux sonorités coutumières à une agglomération en pleine activité.

En même temps, les gens commençaient à circuler, et le pas des chevaux et les grincements des charrettes venaient s'ajouter, et le brouhaha ambiant alla crescendo.

D'où il se trouvait, au carrefour principal, Akirô

pouvait observer l'essentiel des mouvements. Il se tenait immobile, son grand chapeau penché sur son front ombrageant son visage; il tenait dans ses mains jointes devant sa poitrine un grand bol de bois dans lequel il était censé recevoir des offrandes.

Bien qu'il fut ainsi incapable de reconnaître qui que ce soit, il ne tenait pas à montrer son visage.

Mais il n'avait pas à redouter d'être lui-même reconnu tant sa tenue et sa nouvelle physionomie sans barbe ni tignasse le transformaient.

Même un vieux compagnon d'armes ne l'eut pas remarqué.

Il concentrait son attention sur tous les passants, tâchant de les catégoriser, d'un côté les artisans et les commerçants, d'un autre ceux à l'apparence militaire ou celle d'un fonctionnaire, puis les voyageurs.

Ils étaient convenus que Daisuke, ainsi que Saburô, le rejoindraient vers le milieu de la journée pour rassembler le résultat de leurs observations.

C'est Saburô qui se présenta le premier. Akirô lui donna la boulette de riz gluant entouré de graines de sésame qu'il avait reçue en offrande d'une vieille femme.

Elle disparut en un clin d'oeil dans la bouche du garçon qui l'avala presque sans mâcher.

Puis Saburô fit le récit de sa matinée, et bien que désormais familier de la faconde du garçon, Akirô s'étonna qu'aussi peu de choses à raconter nécessite autant de paroles.

Daisuke, qui les avaient rejoints entre-temps, n'avait pas lui non plus remarqué quoi que ce soit d'intéressant.

Ils convinrent de repartir en chasse, et de se retrouver au même endroit au crépuscule pour aller faire ensemble une visite des quartiers de nuit.

Ce n'est que lorsqu'ils se retrouvèrent au moment dit, que leur vinrent à l'esprit deux problèmes majeurs qui les forcèrent à remettre leur projet d'expédition nocturne.

En premier lieu, si leur tenue de moine leur conférait un anonymat protecteur dans la journée, il serait inconvenant d'être vus ainsi vêtus le soir dans les estaminets.

Et puis il y avait aussi Saburô, dont ce n'était absolument pas la place dans de tels lieux.

Ils décidèrent donc de remonter au temple et de prévoir quelques soirées sans lui pour avoir les coudées franches, et de porter pour l'occasion leur vêture habituelle.

Ils mirent une bonne heure pour rentrer, en traînant presque un Saburô à moitié endormi, épuisé qu'il était d'avoir couru de-ci de-là dans Ueno tout le jour durant.

En arrivant au temple, tout était silencieux, et en entrant dans leur chambre ils eurent la plaisante surprise de trouver une collation préparée par les moines, composée de boules de millet, et d'un brouet encore chaud dans lequel se trouvaient des légumes de montagne et des champignons sauvages.

Bien entendu leur absence à tous trois avait été remarquée au réfectoire, et le soin visible qu'on prenait d'eux était dû à la recommandation du religieux de la montagne.

Tandis que Saburô engouffrait sa portion, Akirô et Daisule prirent le soin d'honorer le bain.

D'ailleurs ils avaient à discuter de leurs prochaines journées, et comme une partie de leurs projets ne concernaient pas Saburô ils avaient besoin de pouvoir parler tous les deux ouvertement.

Quand ils retournèrent à leur chambre, Saburô ronflait déjà, recroquevillé comme un chien dans le paquet de nattes qu'il avait disposées dans un coin de la pièce.

Les deux hommes organisèrent leur couchage, s'étendirent, et soufflèrent la chandelle de la lampe en papier, et s'endormirent rapidement dans la nuit froide.

Chapitre 12

La première cloche du matin les réveilla, et Akirô et Daisuke se levèrent aussitôt, et firent quelques mouvements pour se réchauffer dans l'aube glacée.

Saburô n'avait pas changé de position, mais comme il ne ronflait pas, Akirô s'approcha pour voir si tout allait bien pour le garçon. Celui-ci, plongé dans quelque rêve, s'agitait sporadiquement et se mit même à émettre des sons incompréhensibles.

A l'intonation du garçon, les deux hommes comprirent que le garçon devait revivre quelque épisode pénible de son passé et ils le regardèrent avec compassion pendant quelques instants.

Puis ils sortirent et se dirigèrent vers le réfectoire.

Ils s'arrangèrent pour avoir une courte entrevue avec le supérieur, et ils lui firent part de leur projet de rester la soirée et peut-être même la nuit à Ueno et de confier Saburô à ses bons soins.

Le supérieur approuva et donna les ordres pour qu'on leur rapporte leurs vêtements personnels, qui avaient été nettoyés, et dont ils firent un baluchon.

Ils marchèrent vite dans la descente jusqu'à Ueno sur le chemin givré, la buée craquante de leur souffle aux narines et aux lèvres.

Ils profitèrent de la marche pour mettre au point leur plan de la journée, et cette discussion leur fit oublier le froid déjà vif qui annonçait un hiver proche.

Une fois dans Ueno, ils décidèrent de rester ensemble et de cheminer de concert dans toutes les rues, ruelles et passages de la localité.

Ils passèrent ainsi toute la journée, se sustentant

des quelques offrandes que des habitants charitables leur remettaient.

Ils purent ainsi repérer la demeure du magistrat, bel édifice entouré d'une haute palissade de bois noirci, et auquel on pouvait accéder par un vaste portail à deux vantaux, où se tenaient deux gardes revêtus d'un kimono gris aux manches retenues chacune par un tasuki (lanière de tissu qui autorise plus de liberté de mouvement), d'un hakama (sorte de jupe culotte) de cavalier de la même couleur, et d'un kamishimo noir (sorte de gilet accentuant la largeur des épaules) avec en blanc le mon-tsuki (blason) officiel du magistrat, représentant une grappe de glycine tombante.

Chacun des gardes portait deux sabres, un katana long et un wakizashi court, comme il sied à des samurai.

Au vu de cette panoplie guerrière et à la posture des deux gardes, Akirô se dit que quelque chose se préparait en ville, et il se promit de repasser devant la demeure plusieurs fois au cours de la journée.

Le reste de leur pérégrinations ne leur apprit pas grand chose, Ueno étant une ville fort banale, avec son quartier d'artisans, ses boutiques essentiellement situées sur les axes principaux, et son quartier de nuit un peu à l'écart avec ses maisons de saké et ses auberges.

L'entrée de la plupart des établissements se trouvait dans une sorte de courte impasse, chacune sur un côté d'une sorte de U. Cette disposition particulière était due à la manière de taxer les habitations à l'époque, qui se basait sur la largeur ouverte dans la façade donnant sur la rue.

Le soir venu, Akirô et Daisuke s'isolèrent dans un recoin sombre, revêtirent leur tenue civile et mirent leurs habits de moine dans un baluchon.

Celle-ci leur parue bien légère et élimée en comparaison de la toile solide et épaisse dont étaient faites la vêture des moines.

Ils eurent un instant un doute et se demandèrent si on ne les prendrait pas pour des mendiants, ou pire des eta (intouchables).

Finalement ils convinrent de se donner une allure décidée, surtout pour Akirô, et un peu plus discrète pour Daisuke ainsi qu'il convient à un subalterne accompagnant un ancien.

Par chance, la lune s'était levée et brillait toute ronde dans le ciel froid, ce qui leur permit de se diriger vers leur but sans trop de mal.

Ilsarrivèrent ainsi devant une auberge, et pénétrèrent dans le couloir menant à l'entrée. Akirô fit glisser d'une main le panneau de droite et entra sans hésitation. Daisuke le suivit et referma la porte.

Les quelques clients attablés levèrent la tête et leur accordèrent l'attention à laquelle il faut s'attendre lorsque des étrangers débarquent dans un cercle d'habitués.

Akirô soutint les regards et observa la douzaine d'hommes. Il s'agissait vraisemblablement d'artisans voisins.

A peine assis à une table au fond, le patron leur apporta à chacun un cruchon de saké tiède, et sans une parole, fit un signe de ses doigts ouverts. Akirô tira de sa veste deux piécettes qu'il jeta sur la table et que le patron empocha plus vite qu'une mante religieuse ne frappe sa proie.

Le tenancier retourné à ses affaires, Akirô et Daisuke échangèrent leurs impressions à voix basse.

Ils conclurent très vite que ce n'était pas dans ce lieu qu'ils pourraient faire avancer leur enquête.

Comme Daisuke semblait faire honneur à son cruchon de saké,Akirô le freina d'un regard et lui dit que la soirée était loin d'être finie et qu'ils devaient garder l'esprit clair.

Ils passèrent une vingtaine de minutes à faire semblant de boire, tout en observant les autres clients qui avaient repris leurs conversations sans plus faire attention à eux.

Puis ils s'essuyèrent ostensiblement la bouche d'un revers de manche, se levèrent, puis sortirent sans plus saluer qu'ils ne l'avaient fait quand ils étaient entrés.

Craignant de faire chou blanc à nouveau, Akirô décida qu'ils auraient sûrement plus de choses à observer dans les estaminets du quartier réservé.

Ils avaient repéré les lieux dans la journée et ils eurent tôt fait de trouver ce qu'ils cherchaient.

Ils choisirent la bâtisse la plus grande, qui comportait trois niveaux.

La lueur tremblotante des bougies des lampes en papier animait quelques pièces du premier étage, et de temps à autre en provenait le bruit de rires féminins et de voix et de ricanements masculins avinés.

L'entrée se trouvait sur la gauche, au fond de l'habituelle impasse.

Ils s'y dirigèrent, dans le même ordre que précédemment.

La salle était aux trois-quarts pleine, et leur entrée interrompit subitement toutes les conversations.

Tous les clients attablés les dévisagèrent, y compris ceux qui se trouvaient dos à la porte, et qui s'étaient retournés pour l'occasion.

Akirô se fendit d'un grognement guttural qui pouvait passer pour une salutation, et se dirigea vers une table libre.

Il s'y assit face à l'entrée, et fit venir Daisuke à côté de lui. D'où ils se trouvaient, ils avaient vue sur toute la salle, et ce qu'Akirô ne pouvait voir à cause des piliers qui soutenaient le plafond était parfaitement visible pour Daisuke et réciproquement.

Une femme vêtue d'un kimono taché s'approcha avec un cruchon et deux gobelets de terre cuite. Ils sentirent tout de suite que l'établissement se situait un cran au-dessus de celui qu'ils avaient visité précédemment.

La femme avait un air maussade et dégageait une écoeurante odeur de mal lavé.

Une fois débarrassée du cruchon et des gobelets, elle jugea ses clients du regard et leur indiqua le prix à payer avec quatre doigts écartés.

Akirô jeta sur la table cinq piécettes que la femme empocha prestement, et au lieu de s'éloigner elle s'assit sur le banc en face d'eux et décocha à Akirô un sourire dans lequel les espaces noirs ne devaient rien au vernis qu'utilisent souvent les dames.

Elle pensait vraisemblablement avoir trouvé un client généreux et entendait bien ne pas le lâcher.

Akirô, qui n'avait jamais été très porté sur la compagnie des femmes, et encore moins celles de ce genre, bien que ce fut tout ce qu'il eût connu dans sa vie de soudard, décida néanmoins de feindre de l'intérêt pour elle dans l'espoir qu'elle pourrait leur apprendre des choses intéressantes.

Il lui dit d'aller se chercher un gobelet pour elle et quant elle fut revenue à la table il le lui remplit à ras-bord.

Elle le vida d'une goulée, puis se mit à faire l'enjôleuse et commença par demander d'où ils venaient et où ils allaient.

Akirô lui répondit qu'ils se rendaient de Kyoto à Kanazawa, loin dans l'est.

Il répondit aussi à la question sur les raisons de leur voyage, en disant qu'il cherchait un travail de garde pour le compte d'un seigneur local.

Comme la femme se montrait de plus en plus curieuse, Akirô l'interrompit et l'enjoignit à s'occuper du reste de sa clientèle.

Bien que dépitée, la femme s'éloigna à reculons avec force courbettes et les laissa tranquilles. Daisuke, qui n'avait pas quitté la salle des yeux, tira Akirô par la manche, et d'un air le plus dégagé possible, lui dit qu'un des clients semblait en particulier beaucoup faire attention à eux.

Akirô regarda dans la direction que Daisuke lui avait indiqué, et remarqua qu'en effet, un homme de haute taille se retournait fréquemment pour les observer.

Au regard affolé de Daisuke, Akirô comprit que quelque chose n'allait pas bien. Il dit à Daisuke de venir se placer sur le banc en face de lui de manière à pouvoir discuter ensemble en toute discrétion.

C'est alors que Daisuke lui dit que l'homme de haute taille était le chef du village.

Celui-ci, sans reconnaître Daisuke à cause de sa nouvelle coupe de cheveux, les regardait en effet comme on regarde une personne qu'on a l'impression d'avoir déjà vue et sur le visage de qui on n'arrive pas à mettre un nom.

Akirô observa l'homme du mieux qu'il pouvait avec le maximum de discrétion et remarqua que l'homme était gaucher, ce qui ne laissait aucun doute sur son identité.

Ils n'eurent guère de temps pour poursuivre leur entretien, car un homme vint s'asseoir à leur table.

C'était un des inévitables pochards qui hantent les maisons de saké dans l'espoir d'un gobelet gratuit.

Akirô fit un geste à l'intention de la femme qui arriva aussitôt avec un deuxième cruchon et un gobelet supplémentaire.

Cette fois encore, Akirô se lâcha de cinq piécettes, pour le plus grand plaisir de la femme qui se répandit en courbettes et en remerciements.

Pendant ce temps, l'homme s'était saisi du cruchon et s'en était servi un gobelet plein qu'il avala d'un trait.

Tandis qu'il exprimait sa satisfaction d'un rot bruyant, Akirô lui resservit un nouveau gobelet et y alla de ses questions pendant qu'il buvait.

Cette fois-ci l'homme but plus posément, puis le gobelet vidé, il le glissa sur la table en direction de Akirô.

Ce dernier lui passa carrément le cruchon et questionna à nouveau.

La réponse se faisant tarder, Akirô subtilisa le cruchon au moment où l'homme s'apprêtait à le saisir à nouveau.

Il regarda Akirô en face, et avec un plissement d'oeil entendu lui dit qu'il avait bien vu tout de suite qu'ils étaient étrangers.

Tout en maintenant le cruchon hors de portée de l'homme, Akirô lui demanda à nouveau ce qui se passait en ville actuellement.

La réponse se faisant attendre, Akirô versa une rasadedans le gobelet, mais d'une poigne ferme saisit la main de l'homme quand il chercha à s'en emparer.

Avec un soupir l'homme se mit à parler de ce que l'on attendait à Ueno, en l'occurrence la visite prochaine du collecteur d'impôts, ce qui pour Akirô corroborait l'attitude de veille des gardes de la maison du magistrat.

Pour montrer sa satisfaction, Akirô lâcha la main de l'homme, qui avala son alcool rapidement et tendit le gobelet derechef vers Akirô dans un geste impérieux, jugeant sans doute qu'il avait droit à sa récompense.

Cette fois, Akirô prit le gobelet et le remplit à ras-bord; mais il ne le donna pas à l'homme. Il le regarda droit dans les yeux et lui demanda qui était cet homme de haute taille et qui se servait de sa main gauche.

Avec des regards apeurés qui allaient de Akirô au gobelet, l'homme lui dit que c'était un chef de village venu pour apporter l'impôt.

Comme il semblait ne pas vouloir en dire plus, Akirô posa le gobelet devant l'homme mais le maintint fermement au creux de sa paume.

L'homme poussa un soupir à fendre l'âme et dit que chaque année, l'homme de haute taille venait à Ueno pour apporter l'impôt mais aussi de la viande.

- De la viande ?

Akirô pensait aux vaches, mais l'homme le détrompa aussitôt avec un ricanement. Akirô lâcha le gobelet dont l'homme s'empara aussitôt.

L'ayant vidé, l'homme dit que le gaucher venait chaque année avec des garçons ou des filles, parfois très jeunes, et qu'ils les vendait aux tenanciers des maisons de saké.

Une fois même il était venu avec une femme, très jolie.

A ces mots, Daisuke s'était mis à trembler, et Akirô eut bien du mal à lui faire retrouver son calme.

Pendant ce temps, l'homme avait fini le cruchon directement au goulot et s'était affalé sur la table en se mettant à ronfler bruyamment.

Sur ces entrefaits, la femme revint à nouveau et s'excusa obséquieusement de ce que le pochard les avait dérangés.

Pensant avec perspicacité qu'elle-même n'était pas au goût de Akirô, elle était revenue avec une autre femme plus jeune qui se tenait à trois pas derrière elle dans une attitude de modestie.

Bien que son visage fût tourné vers le sol, on pouvait deviner qu'elle était jeune et jolie, et visiblement soumise.

La femme lui dit qu'elle s'appelait Tsubomi (bourgeon) et qu'elle était vierge. Akirô ne put retenir un bref ricanement qui n'effaça pas le sourire de la femme de son visage, tant elle espérait tirer encore profit d'un homme aussi visiblement généreux.

Comme Akirô répondit qu'il ne cherchait pas une fille, la femme se méprit et lui dit que le moment était mal choisi pour un garçon car ils étaient tous dans la maison du magistrat où l'on attendait dans les jours qui suivent la visite d'un important personnage.

Il déclina aussi cette offre et se leva. Il prit Daisuke par les épaules et dut le secouer pour qu'il le suive.

Il le soutint jusqu'à la sortie, escorté par les rires et les quolibets des clients amusés du spectacle de cet homme apparemment robuste mais qui ne tenait pas l'alcool.

Une fois dehors, Akirô plongea sa main dans l'eau presque glacée d'un abreuvoir et aspergea le visage de Daisuke.

L'eau froide fit tout de suite son effet, et Daisuke sembla reprendre vie. Mais il tremblait de tout son corps et il répétait comme une litanie le nom de Tsubomi, la jeune prostituée.

- Tsubomi .... tu la connais, n'est-ce pas ?
- Yumi, c'est Yumi ...
- Yumi .....
- Oui, Yumi, ma petite soeur, qui a disparu il y a trois ans ....
- Attention, quelqu'un vient !

Un bruit de pas s'approchait, et il s'enfoncèrent dans une encoignure.

Une ombre de haute taille passa d'un pas rapide devant leur cachette.

Dès que l'inconnu fut un peu éloigné, Daisuke souffla à Akirô :

- C'est le chef du village ...
- Oui j'ai vu. Suivons-le à distance.

Et ils emboîtèrent le pas à l'homme, tout en restant suffisamment en arrière pour n'être pas repérés.

L'homme arriva devant ce qu'Akirô reconnut pour être la maison du magistrat et toqua à l'huis. Un des gardes entrouvrit un judas, et reconnaissant l'homme entrebailla le portillon. L'homme entra et la porte se referma.

Akirô qui avait tout observé en conclut avec justesse que le chef du village avait ici de hautes relations et que la suite risquait de se montrer plus compliquée que ce qu'il avait imaginé.

Il prit Daisuke par les épaules et ils prirent ensemble le chemin du temple, préférant une marche nocturne à la perspective de passer une nuit glacée dans quelque recoin.

Daisuke avançait dos courbé et tête et épaules basses, avec de temps à autre des sursauts de colère accompagnés de sortes de grognements d'ours.

Arrivés au temple, Akirô le guida avec gentillesse vers les bains, où il pensait avec justesse que Daisuke pourrait un peu se laver de ce nouveau fardeau.

Quand il jugea que Daisuke s'était un peu détendu, Akirô lui dit qu'au moins ils avaient acquis la certitude que Yumi n'était pas morte, même si elle s'appelait désormais Tsubomi, ce dont Daisuke ne put faire autre chose que convenir.

Mais il s'était mis une autre idée en tête : tirer Yumi de là et la ramener chez eux. Akirô lui répondit avec sagesse qu'il faudrait en parler au supérieur le lendemain et lui demander ses avisés conseils.

Puis il partirent vers leur chambre. Saburo, qui dormait à poings fermés n'avait rien laissé de la collation du soir préparée pour eux. Le garçon avait dû penser qu'ils ne rentreraient pas cette nuit-là et avait tout englouti.

Ils se couchèrent donc, avec dans leur ventre vide le seul souvenir du saké qu'ils avaient bu dans la soirée.

Chapitre 13

Le lendemain matin fut semblable à la veille. Ils laissèrent Saburo dormir et se rendirent au réfectoire.

Puis ils se joignirent à la méditation, et seulement après sollicitèrent une entrevue avec le supérieur.

Le supérieur écouta le récit d'Akirô avec une grande attention,ponctuant certains passages par des hochements de tête, puis il parla :

- C'est une affaire bien embêtante. Sur le plan de la moralité je souhaiterais intervenir, mais je ne peux m'en prendre à des personnages officiels sans risques pour toute la communauté dont j'ai la charge.

S'il s'agissait de répondre à une attaque contre un de mes moines, ce serait différent. Mais même dans ce cas là je vois mal comment sortir ces pauvres enfants de leur esclavage.

Je ne voudrais pas que vous soyez choqués par mes paroles, mais vous devez aussi regarder les choses sous un autre angle.

Tous ces enfants viennent de la campagne, où leur vie est dure, et où ils souffrent de la fatigue excessive, de la malnutrition, des hivers interminables et de je ne sais quels autres maux encore, et peut-être même des sévices de leurs parents. Peut être en fait sont-ils mieux traités dans leur condition actuelle .

Puis se tournant vers Daisuke :

- Votre soeur vous a-t-elle reconnu hier soir ?

- Je ne le pense pas. En fait je lui tournais le dos, et elle se tenait la tête baissée. Je n'ai pas pu voir son visage en entier, mais je l'ai reconnue.

- Je pense que vous souhaiteriez la sortir de cette auberge, n'est-ce-pas .....

- Oui, bien sûr, mais je ne vois pas comment.

- A mon avis, le meilleur moyen serait de la racheter aux tenanciers.

- Je n'en ai pas les moyens.

- Ne vous inquiétez pas, on vous donnera ce qu'il faut. Mais que comptez-vous faire de votre soeur ensuite.

- Je pensais rentrer au village ...

- Vous croyez vraiment que c'est une bonne idée ? Pouvez-vous imaginer ce qu'elle aura à vivre une fois confrontée à l'opprobre des villageois ? Et cela pour tous les jours du reste de son existence.

Daisuke ne pouvait que rester silencieux face à de telles évidences.

Le supérieur reprit.

- Nous allons vous aider à reprendre votre soeur, puis si vous le voulez bien je la confierai à la supérieure d'un monastère de nonnes où elle pourra passer une existence calme à leur service. Vous pourrez la voir de temps à autre.

Et vous-même si vous souhaitez intégrer notre communauté, nous avons besoin d'artisans tels que vous.

Puis, se tournant vers Akirô :

- Ceci vaut aussi pour vous. Et vous pourrez si vous le voulez prononcer vos voeux et devenir un de nos moines à part entière. Votre compassion pour ces enfants vous a mis en bonne voie pour la rédemption.

Akirô hocha la tête et remercia. Puis il annonça au supérieur que Daisuke et lui allaient retourner en ville et mettre en place le plan de sauvetage de la petite Yumi.

Le lendemain à l'aurore, comme la veille, ils laissèrent Saburô au temple, et partirent revêtus de leur tenue de moine et avec leurs vêtements personnels dansun baluchon.

En chemin, Akirô expliqua son plan à Daisuke. En fait il n'avait nulle intention de payer pour récupérer Yumi, considérant que cette enfant volée appartenait à sa famille, si jamais elle devait appartenir à qui que ce soit.

Il avait donc l'intention de repérer soigneusement les lieux dans la journée, avec un parcours de fuite, une cachette pour le regroupement.

Daisuke voulait trouver un moyen de se faire reconnaître de Yumi dans la journée pour qu'elle se tienne prête le moment venu. Mais Akirô le lui déconseilla, car il pensait que si Yumi était prévenue, elle risquait de ne pas avoir son comportement habituel et pourrait ainsi éveiller les soupçons des tenanciers de l'auberge.

Ils allaient donc retourner là-bas comme des clients, et demander à la femme de leur donner une chambre, où Daisuke attendrait qu'on lui amène Yumi.

Pour la fuite, il leur faudrait emprunter une autre issueque l'entrée principale, et pour cela ils devraient faire une reconnaissance poussée du bâtiment.

Si nécessaire, Akirô avait l'intention de provoquer une rixe dans l'auberge afin que Daisuke profite de la confusion pour emmener Yumi.

Daisuke ne pouvait qu'approuver le projet et mourrait d'impatience d'être au soir. Il s'inquiéta des autres enfants, qui semblaient se trouver dans la maison du magistrat.

Akirô avait beaucoup réfléchi aux propos du supérieur,et malgré les sentiments qu'il éprouvait il ne pouvait que lui donner raison.

D'une part c'était vrai que les enfants étaient

sûrement mieux traités que dans leur village d'origine.

D'autre part, il ne voulait pas lui causer le moindre désagrément en provoquant un conflit entre le temple et les représentants de l'administration du gouverneur.

Sauver Yumi devait donc être et rester leur seul objectif.

De plus, aucun habitant du village n'avait manifesté la moindre intention de faire quoi que ce soit pour récupérer sa progéniture, hormis Daisuke bien entendu.

Ils étaient partis tard dans la matinée, et le soleil était déjà haut dans le ciel lorsqu'ils arrivèrent à Ueno.

L'après-midi leur serait suffisant pour leur mission de reconnaissance. Néanmoins, ils se mirent à l'oeuvre tout de suite.

La disposition des rues ne leur était pas encore familière, et ils firent fausse route à plusieurs reprises avant de localiser l'auberge de la veille.

Ils firent le tour du bloc de bâtiments et ne tardèrent pas à trouver ce qu'ils cherchaient; il y avait sur l'arrière une entrée de service qui donnait sur une ruelle même pas assez large pour laisser passer une charrette à bras.

Dans l'obscurité de la nuit, Daisuke n'aurait aucun mal à s'esquiver avec Yumi.

Restait à trouver une cachette où Akirô les rejoindrait. Il avait repéré à l'entrée de la localité un petit sanctuaire qui lui parut convenir. Ils décidèrent de s'y rendre.

Le trajet ne leur prit pas plus de dix minutes. Le sanctuaire comportait un autel surmonté par un auvent, avec une sorte de caisse en bois destinée à recevoir les offrandes des passants.

Un peu sur l'arrière, à trois ou quatre mètres en retrait du chemin, un petit édifice avec des portes coulissantes.

Akirô les ouvrit et vérifia qu'elles ne comportaient ni verrou ni quoi que ce soit qui permit de les bloquer.

Satisfaits de leur visite, ils reprirent le chemin de la ville tout en discutant de la coordination des opérations.

Quand ils arrivèrent au carrefour principal, il y régnait une certaine effervescence.

Un attroupement s'était formé et l'endroit évoquait un poulailler tellement les gens, hommes et femmes, caquetaient avec véhémence. Akirô s'approcha d'une grand-mère et s'enquit poliment de la raison de toute cette agitation.

La petite obaa-san ne vit aucune objection à informer ce moine.

Akirô apprit ainsi que le collecteur d'impôts venait d'arriver avec sa troupe, et que les conversations allaient bon train car chacun n'envisageaitde régler son dû qu'avec la plus grande répugnance.

Akirô remercia la grand-mère d'une bénédiction de son cru et partit avec Daisuke voir ce qui se passait du côté de la maison du magistrat.

Là-bas aussi, il régnait une certaine agitation. La garde avait étédoublée et les quatre soldats de faction regardaient les gens d'un air martial avec la main droite posée sur la poignée du sabre qu'ils portaient à la ceinture.

Par contre, il n'y avait pas de rassemblement, mais les nombreux badauds passaient rapidement en prenant soin de se tenir le plus possible du côté opposé de la rue.

Akirô et Daisuke s'adossèrent à un mur en bois

pratiquement en face du portail, attitude on ne peut plus normale pour deux moines qui comptent sur les passants pour remplir leur écuelle.

Leur grand chapeau conique laissait leur visage dans l'ombre, mais ils pouvaient observer tout à leur aise.

Rien ne se passa pendant deux bonnes heures, mais en dépit du nombre de passants ils ne récoltèrent que peu d'offrandes.

Rien de plus normal que les gens ne songent guère à donner, tout absorbés qu'ils étaient par l'inquiétude de ce qu'on allait leur prendre.

Finalement, le portillon s'entrouvrit et un homme de haute taille sortit de la demeure du magistrat.

Akirô et Daisuke le reconnurent immédiatement; c'était le chef du village.

Comme ils l'avaient vu entrer la veille au soir, ils pensèrent que peut-être c'était son lieu de résidence.

Cette perspective impliquait que l'homme possédait vraiment de solides appuis.

En sortant, il se dirigea droit sur Akirô et Daisuke, comme s'il venait leur adresser la parole, mais en fait il ne sembla même pas les remarquer, et entra dans la bâtisse derrière eux par une étroite porte.

Il y resta une bonne demi-heure et en sortit en faisant sauter dans sa main gauche une ligature de pièces d'argent qu'il mit à l'intérieur desa manche de veste. A son large sourire, apparemment il venait de conclure une bonne affaire.

Il passa devant les deux moines sans plus faire attention à eux qu'auparavant, et se dirigea vers le carrefour.

Akirô se doutait un peu de sa destination, aussi lui laissèrent-ils une confortable avance avant de prendre la même direction.

Comme Akirô s'y attendait l'homme se dirigea vers l'auberge de la veille au soir et y pénétra comme si le lieu lui appartenait.

Akirô et Daisuke se mirent en faction dans un recoin éloigné, d'où ils pouvaient voir sans être vus.

Pour donner à leur présence et à leur attitude un air du plus naturel possible, ils se mirent à manger les quelques boulettes de millet qu'ils avaient récoltées. Personne n'aurait vu autre chose que deux moines assis sur des pierres et prenant leur collation à l'écart.

Environ une heure plus tard, un gamin d'une douzaine d'années sortit en courant de l'auberge et fila en courant à toutes jambes vers le carrefour.

Il revint au bout d'une dizaine de minutes et s'engouffra dans l'auberge.

Il fut suivi peu après par un palanquin porté par deux hommes vêtus aux couleurs et aux armes de la maison du magistrat. Ils posèrent le palanquin sur le sol et attendirent leur passager.

Ils n'eurent guère à attendre, car une femme sortit, vêtue d'un kimono bariolé à longues manches, et portant un shamisen (sorte de banjo carré) enveloppé dans un grand foulard.

Elle-même avait disposé un autre foulard sur sa tête, sans doute pour protéger sa perruque, et qui dissimulait ses traits.
Daisuke tressaillit :

- Yumi !

Akirô lui posa la main sur le bras pour le calmer.

- Je ne pense pas qu'on ait envoyé chercher la

vieille, mais il y a dans l'auberge d'autres filles. Donc aucune raison de s'inquiéter ni de modifier nos plans. Dans tous les cas nous savons où elle va aller.

Dans cet entretemps, la fille était montée dans le palanquin aux rideaux tirés, et les deux porteurs chargèrent la longue perche sur leur épaule.

L'homme de grande taille sortit à son tour et donna le signal du départ. Les porteurs se mirent en route et prirent le trot, tout en ajustant leur pas et leur rythme pour limiter les balancements au maximum.

Le cortège disparut bientôt dans la direction du carrefour.

- Bon, nous aurons peut-être à prévoir autre chose pour ce soir, mais tenons-nous en à notre plan initial.

Daisuke approuva, et les deux moines prirent aussi le chemin du centre-ville.

L'agitation s'était calmée et chacun était retourné à ses occupations, aussi rien de remarquable ne se passa de tout le reste de l'après-midi.

Les deux compères continuèrent à jouer leur rôle de moine, et dèsque le soleil commença à frôler la crête des arbres, ils se mirent en chemin pour la cachette du petit sanctuaire.

Là, ils changèrent de tenue, puis attendirent l'obscurité de la nuit pour se rendre à l'auberge.

Chapitre 14

Ils étaient parmi les premiers clients, et ils s'attablèrent dans un endroit d'où Akirô pouvait surveiller tous les mouvements d'entrée etde sortie, ainsi que l'escalier qui conduisait aux étages.

La même vieille que la soirée précédente vint les saluer obséquieusement, et leur apporta un cruchon de saké et des gobelets.

Akirô la remercia d'un grognement, et tous deux se mirent à boire. Le saké n'était pas fameux, mais il était chaud, ce qui leur fit du bien après leur halte prolongée dans la cachette du sanctuaire.

Ils buvaient à petites gorgées et il leur fallut une bonne heure pour venir à bout du cruchon.

Tandis que la salle se remplissait, Akirô et Daisuke mettaient la touche finale à leur plan.

- Bien, nous allons attendre encore un peu, puis j'appellerai la vieille pour te faire donner une chambre à l'étage où ils t'amèneront Yumi.

Moi je resterai ici pour contrôler ce qui se passe.

Je pense qu'il vaut mieux que toi et Yumi partiez au plus vite, car je suppose que la prestation est limitée dans le temps, et que quelqu'un risque d'aller voir si elle ne revient pas dans le délai qui lui est imparti.

Je partirai d'ici Au bout de trente minutes et nous nous retrouverons à la cachette, puis nous remonterons tous les trois au temple.

Daisuke, dont la pomme d'Adam faisait des aller-retours verticaux approuva d'un mouvement de tête.

Akirô appela la vieille qui revint tout sourire avec un nouveau pichet de saké. Comme lors de la soirée précédente il la convia à s'asseoir, lui mit son propre gobelet devant elle, puis il lui exposa sa requête.

- Comme nous avons dû rester un jour de plus, au cas où il y aurait de l'embauche à la demeure du magistrat, mon compagnon souhaiterait goûter aux spécialités de votre charmante auberge. Vous nous avez proposé hier soir une jeune fille du nom de Tsubomi. Et bien, si ce bourgeon n'est toujours pas en fleur, ainsi que vous nous l'avez décrite hier, mon compagnon aimerait avoir un entretien avec elle.

- Ce sera un honneur pour notre modeste maison, noble seigneur.

Tout en disant ceci, la femme ouvrit sa main paume contre la table, deux doigts repliés, de sorte que les trois restants indiquent le prix.

Ne voulant pas paraître un client facile, Akirô demanda que l'on laisse Daisuke et Tsubomi tranquilles pendant une bonne heure, et se fit ajouter un cruchon de saké à monter dans la chambre.

Ce-disant il tira une ligature de pièces de sa veste, en détacha dix, et les plaqua sur la table d'un geste décidé.

Le supérieur du temple avait prévu de les doter pour l'éventuel rachat de Yumi.

Pas mécontente d'avoir eu si peu à marchander, la femme s'empara de l'argent et se leva pour aller quérir Tsubomi.

Akirô la rattrapa par la manche.

- Attendez un peu! Vous allez faire d'abord monter mon compagnon puis lui envoyez la jeune fille avec le cruchon de saké.

La femme remercia le noble seigneur qu'était devenu Akirô et libéra sa manche.

- Au fait, Tsubomi sait-elle faire de la musique ?

- Ah que je suis désolée, mais elle n'a point ce talent. Mais elle en a bien d'autres, et elle danse avec grâce. Mais ce soir nous n'avons pas notre musicienne. Hanae a été requise à la maison du magistrat pour égayer de son art le collecteur des impôts qui vient d'arriver.

- Bon, ça ira bien comme ça.

Elle partit en direction de l'escalier, Daisuke sur ses talons, et tous deux disparurent en haut des marches abruptes.

Après un bref instant,
la femme redescendit, puis remonta rapidement en portant un plateauavec un cruchon de saké et deux gobelets.

Le brouhaha des discussions couvrit les bruits de la scène qui se déroula à l'étage.

Daisuke avait pris soin de se tenir assis le dos tourné vers la porte coulissante. Il entendit que l'huis s'ouvrait puis qu'on le refermait presque sans le moindre bruit.

Son coeur battait à tout rompre.

Puis il entendit des pas légers, comme glissés, sur les nattes de jonc.

Il avait pris soin de placer la lampe dans un coin en arrière de lui afin de maintenir son visage dans l'ombre.

La jeune fille s'avança tête et yeux baissés jusqu'en face de lui, posa le plateau sur le sol devant Daisuke, et commença à remplir un gobelet de saké à son intention.

Elle n'avait toujours pas levé les yeux. Daisuke dit simplement :

- Yumi .....

La jeune fille sursauta, et dévisagea l'homme qui se tenait tête baissée en face d'elle. Daisuke poursuivit :

- Je suis venu te chercher, Yumi .....

La jeune fille avait ouvert les yeux tout ronds et se tenait agenouillée la bouche grande ouverte.

Mais aucun son n'en sortit.

Il lui fallut quelques secondes pour reconnaître son frère et s'assurer qu'elle n'était pas victime des mauvais tours de quelque renard ou d'un blaireau.

Puis son beau regard brun devint fontaine et elle se jeta dans les bras de Daisuke tout en répétant son nom.

Daisuke lui essuya gentiment le visage et lui fit signe de garder le silence. A mots rapides il lui expliqua que sa fuite avait été organisée, mais qu'elle devait le guider vers la sortie de service par laquelle il avait prévu qu'ils s'échapperaient.

Yumi contint ses pleurs et ses reniflements, et se dirigea vars la porte coulissante, qu'elle ouvrit précautionneusement.

Elle fit signe à Daisuke, et tous deux se dirigèrent tels des ombres silencieuses vers un escalier abrupt, presque une échelle, situé au fond du couloir à l'opposé de l'escalier qui donnait sur la salle.

Tout le personnel était occupé au service des clients, et ils eurent tôt fait de se trouver à l'extérieur dans la ruelle.

Daisuke se força à ne pas se mettre à courir, ce qui n'aurait pas manqué d'attirer l'attention sur eux.

Ils eurent tôt fait d'arriver à la cachette, et là, à l'abri des portes fermées, ils tombèrent à nouveau dans les bras l'un de l'autre en pleuranttoutes les larmes de leur corps.

Une fois recouvré leur calme, Daisuke raconta toute l'histoire et lui parla d'Akirô, sans qui rien n'aurait été possible.

Puis ils se mirent à l'attendre afin de remonter tous ensemble au temple Katsuo-ji.

De son côté, Akirô, qui s'était donné l'air de l'homme qui boit perdu dans ses pensées, une fois écoulé le temps nécessaire, se leva pourpartir. Il cria ostensiblement à la tenancière que son compagnon saurait bien le retrouver, puis il partit.

Pendant sa simulation de beuverie solitaire, Akirô avait beaucoup réfléchi à tout ce qu'il avait entendu.

Comme il l'avait espéré la femme du palanquin n'était pas Yumi. La femme de l'auberge avait parlé d'une musicienne nommée Hanae .... et la femme de Daisuke s'appelait Hana.

Cette quasi homonymie alerta Akirô, et se souvenant que Daisuke avait parlé de sa femme comme étant une jeune femme très belle, il n'aurait pas été invraisemblable que ce soit elle qui ait été chargée d'égayer la soirée du collecteur d'impôts.

Comme la soirée n'était pas encore très avancée, il décida de faire un tour du côté de la demeure du magistrat avant de rejoindre Daisuke à la cachette.

Bien lui en prit, car comme il arrivait au carrefour, de l'autre bout de la rue surgit un homme de haute taille qui traînait un jeune garçon par l'oreille. Le gamin se tortillait en hurlant de douleur.

Akirô reconnut Saburô instantanément. Mais que faisait-il ici ce chenapan !

Sans réfléchir une seconde, Akirô bondit et fila

vers l'homme, et lui intima de relâcher le garçon.

Interloqué, l'homme n'en perdit pas pour autant ses moyens.

- Ainsi donc, tu connais ce voleur ?
- Et que t'a-t'il pris ?
- Il a essayé de me faire les poches.

Akirô tira de sa veste le reste de la ligature de pièces d'argent que lui avait données le supérieur du temple et la jeta devant l'homme dans la poussière.

- Et maintenant lâche-le !
- Sinon ?

Akirô avait tiré de son dos son grand et solide bâton qui était en fait l'étui d'un odachi, un sabre à longue lame.

En dépit de l'obscurité, Akirô remarqua que le visage de l'homme avait blêmi. Il réitéra son ordre :

- Et maintenant lâche ce garçon !

Peu soucieux de perdre la vie pour si peu, l'homme lâcha Saburô, et prit la poudre d'escampette non son avoir ramassé la ligature de pièces qui traînait sur le sol.

Saburô se précipita vers Akirô, qui le gronda :

- Mais qu'est-ce que tu fais ici, garnement ? On t'avait bien dit de nous attendre au temple.

Piteux, Saburô baissait la tête et ne pipa pas mot. Akirô lui ordonna d'aller rejoindre Daisuke et sa soeur Yumi, et accompagna même son départ d'un solide coup de pied au derrière pour lui donner l'élan nécessaire.

Après s'être assuré que Saburô avait bien pris la bonne direction, Akirô se dirigea vers la demeure du magistrat, bien décidé à y pénétrer coûte que coûte.

Il fit le tour de la demeure, et sur l'arrière il trouva un arbre dont une branche se courbait vers le bas à l'extérieur du mur d'enceinte.

Il sauta à plusieurs reprises, et parvint finalement à s'agripper à la branche.

En progressant à la force des bras en direction du tronc, il put s'approcher du mur d'enceinte et à prendre pied au sommet.

Le parc était sombre et silencieux. Akirô sauta souplement au bas du mur et se dirigea tel une ombre vers la bâtisse principale.

Il repéra rapidement des piliers qui pouvaient lui permettre de se hisser jusqu'à la galerie qui encerclait tout le premier étage.

Tel un ninja, il grimpa sans le moindre bruit et commença son inspection des pièces éclairées. Dans la plupart, les sbires du collecteur d'impôt faisaient ripaille, une bonne moitié d'entre eux ronflant déjà sur les nattes de jonc, vraisemblablement ivres-morts, les autres, occupés à brailler leurs chansons de soudards, si bien qu'aucun ne remarqua l'ombre qui se glissait le long de l'engawa.

La pièce suivante était inoccupée.

A la troisième pièce, un petit groupe de personnages mieux habillés et certainement mieux éduqués, devisaient de leurs affaires. A côté d'eux se trouvaient des coffres et des rouleaux de papier.

Certainement les fonctionnaires chargés de tenir les registres et les comptes.

Ce n'est que dans la pièce suivante qu'Akirô entrevit un personnage bedonnant et richement vêtu, assis dos au mur d'honneur. A n'en pas douter, il s'agissait du collecteur des impôts.

Devant lui se trouvait une table couverte de diverses vaisselles, et une demi-douzaine de flacons de saké.

A l'opposé, au fond de la pièce se tenait assise dans une attitude modeste, une jeune femme au visage poudré de blanc, un shamisen posé devant ses genoux.

Le kimono à longues manches était celui qu'il avait entrevu le matin devant l'auberge.

Akirô s'accroupit, de façon à n'être pas remarqué depuis le jardin, et attendit patiemment qu'un moment propice se présente.

Au bout d'une dizaine de minutes, l'important personnage se leva pesamment et se dirigea vers la porte coulissante.

Akirô l'entendit s'enquérir d'une voix de commandement de l'endroit où se trouvaient les latrines.

Le moment était venu d'agir, et Akirô ouvrit silencieusement la porte-fenêtre coulissante, et pénétra dans la pièce.

La jeune femme, qui se tenait tête baissée et les yeux mi-clos ne le remarqua pas immédiatement.

Akirô l'appela :

- Hana ! Hana !

La jeune femme releva la tête et regarda l'intrus avec effroi.

Akirô l'appela à nouveau :

- Hana ! Venez vite. Votre mari Daisuke est près d'ici. Il vous attend et il veut vous ramener chez vous.

A la grande surprise d'Akirô, elle eut une réaction de recul et portason bras gauche en défense devant sa poitrine et son bras droit devant le bas de son visage.

Elle regardait Akirô avec horreur et ouvrit la bouche pour crier.

Akirô ne lui en laissa pas le temps, bondit vers elle, et la releva en lui saisissant le bras droit.

- Vite, ne perdons pas de temps! Daisuke vous attend !

- Non ! Je ne veux pas ! J'ai trop honte !

Et elle commença à hurler. Akirô essaya de l'entraîner vers la porte-fenêtre, mais elle lui résista et se débattit.

Elle finit par échapper à l'étreinte et alla s'affaler sur la table en renversant les flacons de saké vides et pleins, dont le contenu se répandit sur elle et sur les nattes de jonc.

En tentant de fuir à quatre pattes vers la porte, elle renversa une lampe, dont la bougie enflamma aussitôt l'alcool qui s'était répandu sur elle.

Les flammes avaient aussi gagné le sol et commençaient à lécher les murs et les montants de la porte.

Hana s'était relevée, et courait toute enflammée dans le couloir. Elle se heurtait partout, et de chaque endroit un nouveau feu démarrait.

Il ne s'était pas passé une minute depuis qu'Akirô était entré dans la pièce. Les cris de Hana avaient ameuté les sbires qui se ruèrent dans la pièce, bientôt rejoints par les gardes de l'entrée.

Akirô se trouva bientôt coincé par une douzaine de soldats, et c'est seulement la longueur de la lame de son odachi qui lui permettait de les tenir à distance.

Arriva ensuite un groupe de domestiques exhortés par le chef du village, ajoutant à la panique.

Akirô passa à l'attaque en poussant le cri de guerre du clan de son dernier seigneur et abattit deux gardes.

Il était mal à l'aise avec cette longue lame qu'il ne pouvait brandir sans heurter le plafond. Le hasard des duels l'amena à proximité du chef de village et par un coup chanceux il lui coupa le bras gauche juste au dessous de l'épaule. Il s'écroula dans des flots de sang.

Akirô se doutait bien qu'il ne pourrait venir à bout de la dizaine d'adversaires qui restaient, mais il avait l'esprit serein, ayant accompli jusqu'au bout la mission que lui avaient confiée les villageois.

Le démon tant redouté gisait sur le sol, agité de soubresauts et de convulsions.

Il ne tenait pas à prendre la vie d'autres soldats, ceux-ci n'ayant rien à voir avec l'affaire qui l'avait amené à Ueno. Il se contenta de parer les coups, au milieu de la fumée qui les gênait tous.

Le feu avait maintenant embrasé tout le plafond et l'étage au-dessus menaçait des les ensevelir.

Un craquement se fit entendre, et une poutre s'abattit sur les épaules d'Akirô, l'assommant et le privant définitivement de conscience.

Les quelques sbires qui restaient s'enfuirent et sautèrent dans le jardin. Plusieurs d'entre eux sautèrent dans la mare pour éteindre le feu qui avait pris à leurs vêtements.

Moins d'une demi-heure plus tard, le reste de la bâtisse s'écroulait sous le poids imposant du lourd toit de tuiles vernissées.

Les badauds s'étaient attroupés, pas mécontents du spectacle, puisque la résidence du magistrat se trouvant à l'écart, et en l'absence de vent cette nuit-là, l'incendie ne s'étendrait pas à leur propre maison.

Saburô, qui avait désobéi à Akirô et était resté sur place en se cachant au premier tournant, regardait le feu avec de grosses larmes sur son visage.

Il avait bien compris que jamais il ne reverrait son

protecteur.

Autour de lui se tenaient quelques enfants du village, mais à part un seul les autres refusèrent de le suivre quand il leur parla de rentrer.

De leur côté, Daisuke et Yumi trouvaient le temps long, et leur coeur se mit à battre la chamade quand ils entendirent une galopade qui se rapprochait. La porte de leur cachette fut glissée de côté, encadrant le visage défait et essoufflé de Saburô , accompagné d'un garçon du même âge.

- Où est Akirô ?
- Il ne viendra plus.

Daisuke comprit que Saburô n'en dirait pas plus pour le moment et décida que le mieux était de remonter au temple pour mettre tout le monde à l'abri.

En chemin ils purent voir les lueurs orangées de l'incendie qui continuait à ravager la résidence du magistrat et ses annexes.

Cela leur garantissait que personne ne serait à leur poursuite, tout le monde en ville étant occupé soit à combattre le feu soit à contempler le spectacle.

Ils purent ralentir leur allure, car Yumi menaçait de se sentir mal, et n'était pas équipée pour la marche sur le chemin abrupt et caillouteux.

Il leur fallut du temps, mais ils parvinrent au temple sains et saufs.

Chapitre 15

La première cloche du matin ne put les tirer de leur sommeil tant ils étaient épuisés.

Le soleil était déjà haut dans le ciel lorsque le porte de leur chambre fut ouverte et qu'un homme de haute stature pénétra dans la pièce.

C'était le supérieur. Il avait été averti des événements qui s'étaient produits en ville la nuit passée et il se doutait bien que ce n'était pas sans rapport avec leur retour tardif.

Bien sûr il redoutait que cela put causer des désagréments à la communauté dont il avait la charge, mais son premier souci allait vers ses protégés.

Il fut consterné de constater l'absence d'Akirô, et n'eut plus aucun doute sur son sort après le récit que Saburô en larmes lui fit des événements.

Il invita le petit groupe à rester dans la chambre le reste de la journée et prit soin de leur faire apporter une collation.

Sans perdre de temps, le supérieur réunit un groupe de moines parmi les hommes d'âge mur, et tous partirent d'un bon pas en direction de Ueno.

Dans les rues de la bourgade régnait une effervescence bien naturelle après cette nuit agitée et dramatique.

Les habitants étaient rassemblés par petits groupes et chacun y allait de sa version des événements.

Un silence respectueux se répandit comme une vague au passage du cortège martial du supérieur et des moines. Il faut dire que leur allure virile et que le fait qu'ils étaient tous équipés d'un solide bâton en imposait à tous.

Après leur passage les discussions reprenaient de plus belle, car tous supputaient que les choses n'allaient pas en rester là.

Avant d'arriver à ce qui restait de la résidence du magistrat, le supérieur fit faire une courte halte à ses moines et interpela un homme qui se tenait sur le seuil d'une porte.

L'homme arriva en courant et se jeta aux pieds du supérieur. Il fit relever l'homme et l'interrogea sur ce qui s'était passé.

Comme l'homme se perdait dans des détails qui ne l'intéressaient pas, il demanda à l'homme si l'on connaissait les causes du sinistre. Il apprit ainsi qu'on disait en ville qu'un voleur s'était introduit, sans doute attiré par les fonds que transportait la troupe du collecteur d'impôts et qu'il avait été surpris.

Une bataille s'était ensuivie, et un incendie avait démarré accidentellement.

Plusieurs gardes avaient été tués, ainsi que le voleur, et aussi une geisha qui avait été amenée pour égayer la soirée du collecteur d'impôts.

Le supérieur récita une bénédiction à l'intention des victimes et reprit son chemin avec sa petite troupe.

Quand ils parvinrent devant la résidence du magistrat, la foule fit silence et s'écarta avec respect.

Le collecteur d'impôts se trouvait là, entouré de ses assesseurs et de la demi-douzaine de gardes qui avaient survécus.

Les deux groupes se firent face et le supérieur échangea des salutations respectueuses avec le collecteur d'impôts.

Une fois échangées les civilités d'usage et de circonstance, le supérieur pria son vis-à-vis de lui narrer l'affaire par le menu.

En fait, le collecteur d'impôts n'avait pas vu grand chose puisqu'il s'était mis à l'abri dès le début et qu'il ne connaissait la teneur des événements que par le récit fait par ses assesseurs et les gardes survivants.

Mais il en fit une narration épique dans laquelle il tenait un rôle prépondérant et bien sûr glorieux.

Tout au long du récit, au regard que les membres de la trouipe du collecteur d'impôts échangeaient entre, le supérieur comprit qu'il devrait nuancer les détails de l'histoire et concentra son attention pour bien faire la part du vrai et de la vantardise.

Il apprit que grâce en soit rendue aux dieux, le collecteur d'impôts avait pu sauver les fonds précédemment collectés, mais que ses assesseurs n'avaient pu sauver les registres.

Ce disant il se retourna et les fustigea du regard. Les assesseurs baissèrent la tête piteusement.

Par contre le gros homme ne dit aucun mot des personnes.

Le supérieur garda un visage et une attitude impassible et adressa remerciements et condoléances au collecteur d'impôts.

Puis il le pria de le laisser entrer dans ce qui restait de la résidence pour une courte cérémonie de bénédiction à la mémoire des victimes, ce à quoi le collecteur d'impôts ne fit aucune objection.

Le cortège des moines passa le portail que le collecteur d'impôts avait commandé d'ouvrir pour eux et se trouva devant un tas de décombres noirâtres encore fumants, dont la hauteur n'atteignait même pas celle d'un homme.

Les moines se disposèrent en nombre égal de

chaque côté du supérieur qui se mit à réciter des sutra adaptés aux circonstances accompagné du choeur de ses disciples.

Il se passa bien une heure, pendant laquelle régna alentour le plus grand silence.

Quand il eut fini, le supérieur tira de sa veste une petite jarre de terre vernissée, en ôta le couvercle et se baissa pour la remplir de cendres. Puis il la reboucha et la remit dans sa veste.

Il adressa une courte bénédiction à l'intention du collecteur d'impôts et de sa troupe, puis une autre à la foule.

Il tourna les talons et prit le chemin de retour avec son cortège.

Une fois rentré au temple, négligeant l'ordonnance bien réglée des activités habituelles, le supérieur alla voir ses protégés.

Il leur confirma la fin d'Akirô, ce qui déclencha un nouveau torrent de larmes sur le visage de Saburô qui s'était mis à l'aimer profondément.

Le supérieur l'attira vers lui et lui dit que s'il le voulait il pouvait rester au temple comme novice et plus tard prononcer ses voeux s'il le désirait, si bien sûr il parvenait à maîtriser son appétit insatiable.

Il fit la même offre au jeune garçon qui avait accompagné Saburô.

A Daisuke il proposa aussi de rester au temple, où un homme qui savait travailler le métal serait bien utile.

Il lui confirma aussi que Yumi pourrait être recueillie dans un monastère de nonnes comme servante, et même un jour y prononcer ses voeux si le coeur lui disait.

Puis, il tira de sa veste la petite jarre dans laquelle il avait recueilli des cendres à la résidence du magistrat, et annonça qu'il allait les déposer dans une tombe qu'il allait faire construire à la mémoire d'Akirô.

Il dit aussi tout le respect qu'il avait pour cet homme qu'il n'avait connu que peu de temps, mais qui l'avait impressionné par son cheminement qui l'avait conduit à la compassion, et qu'il honorerait désormais comme un modèle.

Puis il se retira, confiant ses protégés aux soins de ses novices et se dirigea vers le sanctuaire où il organisa un office à la mémoire d'Akirô.

Bientôt le temple de Katsuo-ji retentit des voix psalmodiantes des moines.

On n'entendait que quelques appels isolés de corbeaux.

Portée par une brise venue de la vallée en contrebas, dans l'air flottait une légère odeur de cendres mouillées.

FIN